knapp

Ein Buch aus der *Perlen*-Reihe.

Zimmerservice

Geschichten
Herausgegeben von
Urs Heinz Aerni sowie
Claudia und Andreas Züllig
Hotel Schweizerhof Lenzerheide

knapp

Inhalt

Vorwort

Liebe Leserin, lieber Leser.

Es war in Wien, als ein Freund in der Hotellobby auf mich wartete, während ich oben in der fünften Stock das Gepäck ins Zimmer warf und so schnell wie möglich wieder runter wollte, da der Hunger groß war. Allerdings entfloh mir der Fahrstuhl, was mich im fröhlichen Übermut dazu bewog, das Treppenhaus zu nehmen. Trillernd hüpfte ich die Stiegen hinunter, das schwere Zuschnappgeräusch der Türe oben zur Etage sollte mich nicht irritieren, bis … ich unten stand, vor einem eisernen Gittertor. Sehr viel langsamer suchte ich wieder die Türe zu den Zimmeretagen, die jedoch schwer und sicher verschlossen blieb, was nun das Zuschnappgeräusch mit einer neuen Dramaturgie bestückte.

Geistesgegenwärtig griff ich zum mobilen Telefon, um meinen wartenden Freund in der Lobby ins Bild zu setzen. Dass ich mich vertippte und alles einem anderen Freund zu Hause in Biel erklärte, nur um dann zu erfahren, dass er mir da nicht helfen könne und ich mich für das Versehen entschuldigte, muss ich hier nicht groß erklären. Beim zweiten Versuch nahm der in der Lobby Wartende ab und ich sagte zu ihm im gehetzten Ton, dass ich im Stiegenhaus (so die österreichische Vorzugsbenennung) eingesperrt sei. Das teilte er dann dem Rezeptionisten mit und der antwortete verblüfft: «Wir haben gar kein Stiegenhaus…».

Verzeihen Sie, sobald es sich um Hotels handelt, komme ich ins Plaudern, dabei sollen Sie Geschichten hier im Anschluss zu lesen bekommen, zum Teil verrückte, wie eben das Leben so spielt, mit all den Sachen, die uns umtreiben; das Essen, Trinken, Reisen, die Pannen, die Liebe und das liebe Glück. Gerade das Hotelleben schafft einen eigenen Spirit, einen speziellen Geist, geeignet als Kulisse für Storys.

Sie wiegen dieses Buch in Ihren Händen. Es wurde aus bestimmten Gründen geschrieben und gedruckt. Seit 111 Jahren steht das Hotel Schweizerhof auf der Passebene namens Lenzerheide. Seit 25 Jahren wird es geführt, geleitet und verantwortet von Claudia und Andreas Züllig, und zwar mit einer Leidenschaft, als hätten sie es erst vor einem Monat eröffnet. Künstlerinnen, Fotografen, Schriftstellerinnen, Meteorologen, Bergsteigerinnen, Jazzmusiker, Kabarettisten, TV-Moderatorinnen, Schauspieler, Verleger, Journalistinnen und noch mehr Menschen mit ihren Geschichten und Visionen waren hier im Kulturprogramm zu Gast, um zu reden, zu singen, zu musizieren und zu sein. Diese fragten wir an, ob sie uns Geschichten liefern würden für ein feines und schönes Lesebuch. Sie sagten zu und haben – jeder auf seine Weise – Buchstaben aufgewirbelt, die nun in sehr unterschiedlicher Art lustvoll wieder aneinandergereiht hier zu finden sind. Eigentlich genau so, wie es unser Küchenchef macht, mit seinen immer wieder neuen Kreationen. Obwohl wir täglich essen, wird's nie langweilig – genau wie beim Lesen. Eine Artenvielfalt von Gedanken und Texten mit dem Zweck, Ihre Synapsen ins Wellness zu schicken. Lassen Sie's leben und lesen Sie selbst.

Und danke, dass Sie unser Gast sind!

Urs Heinz Aerni sowie Claudia und Andreas Züllig
Heraus- und Gastgeber Hotel Schweizerhof Lenzerheide

Hinweis zu den Bildern:
Die historischen Bilder wurden aus dem Archiv
geschöpft und zusammengestellt von Andreas Züllig.

Die Kultur liegt uns persönlich seit vielen Jahren am Herzen. Mit dem vorliegenden Buch haben wir uns und Ihnen zum 111-Jahr-Jubiläum des Hotels Schweizerhof deshalb ein besonderes Geschenk gemacht.

Wir möchten an dieser Stelle allen ganz herzlich danken, die einen Beitrag zu diesem Projekt geleistet haben. Ein spezieller Dank geht an unseren «Mann für die Kultur» Urs Heinz Aerni. Dank seiner Passion für alles Kulturelle und seinem großen Beziehungsnetz dürfen wir diese Sammlung aus Geschichten, Gedichten, Erzählungen und historischen Bildern in den Händen halten und genießen. Wir wünschen Ihnen viel Vergnügen beim Durchblättern, Betrachten und Lesen.

Andreas und Claudia Züllig-Landolt
Gastgeber
Hotel Schweizerhof Lenzerheide

Arno Camenisch
In die Berge

Ich war auf dem Weg in die Berge, wo ich zu einem Jubiläumsfest eingeladen war, und freute mich bereits aufs Essen. Denn das Schöne an Jubiläen ist das Essen. Bis man sich aber an die Tröge machen kann, kommen meistens noch die Reden. Als Headliner angekündigt, geraten sie entweder dermaßen flach, dass sie von den Bauchgeräuschen der Gäste übertönt werden oder in Vergessenheit geraten, noch bevor sie fertig sind, oder sie fahren einem dermaßen in die Knochen, dass man danach für den Rest der Tage geschädigt ist. Den Bündnern wird sowieso nachgesagt, dass sie schweigsam seien, hinter vorgehaltener Hand sogar, dass sie nur den Mund aufmachen würden, um zu essen.

Ich habe nur drei Jubiläumsfeste miterlebt, das erste, als ich noch kaum stehen konnte, aber das konnten die Gäste am nächsten Morgen auch nicht mehr. Es war das Hundertjährige der Helvezia, der Beiz meiner Tante. Das Fest hatte in den frühen Nachmittagsstunden vom Samstag begonnen und endete

irgendwann in den Morgenstunden mit dem ersten Läuten der Kirchglocken zur Sonntagsmess,
der Herrgott im Himmel hatte also auf den Tisch
gehauen und gesagt: so, basta.

Das zweite Jubiläum war an einem Sonntag auf
der Alp, auf der ich die Sommer als Kind mitten
unter Kühen verbringen musste. Dieses Mal war
man so schlau gewesen, das Fest erst nach der Mess
zu beginnen, sodass der Allmächtige nicht dazwi-
schenfahren konnte. Dafür artete dieses Fest umso
mehr aus, am Tag darauf sah die Wiese hinter dem
Stall aus wie ein Schlachtfeld im Morgennebel,
Kühe und Ziegen und Menschen und Instrumen-
te, alles lag da kreuz und quer, und mittendrin
irgendwo der Pfarrer und seine Ministranten, die
die Alp gesegnet hatten vor dem Fest. Die Heiligen hatten uns verlassen in dieser Nacht.

Auch das dritte und letzte Jubiläum, an dem ich
je dabei war, liegt ein paar Donnerstage zurück.
Man müsste mein Alter in zwei Hälften brechen,
ich war also knapp achtzehn. Anders als bei den
ersten zwei Jubiläen, die sicher auch mit einer
Durststrecke, mit einer Rede, begonnen hatten,
blieb mir vom dritten Jubiläum vor allem der
Redner in Erinnerung. Auf dem Podium stand bei
brütender Hitze ein hochdekorierter Politicus von

stattlichem Gewicht und warf Sätze wie Molotow-cocktails ins Publikum, dass die älteren Ehrendamen mit ihren spanischen Windmaschinen jedes Mal zusammenfuhren. Mein Gott, was für ein Gewitter der da oben in der Hitze heraufbeschwor, und bei jeder Jahreszahl schlug seine Faust aufs Pult nieder, dass es einem in die Knochen fuhr und es ihm aus den Ohren dampfte wie aus Kochtöpfen. Er tobte, als ginge es um sein letztes Mahl, so was hatte das ganze Tal bis dahin noch nicht erlebt, nur dass er jedes Mal 150 Jahre brüllte anstatt 175. Als er endlich vom Sockel stieg, schweißgebadet wie ein Heizer, zogen die Leute übers Buffet hinweg, als wären auch ihre Tage gezählt.

Bei allen drei Jubiläen, die ich miterleben durfte, kann ich mich aber nicht mehr an das erinnern, was bei den Reden gesagt wurde. Die Rede würde ich dieses Mal leider verpassen, denn ich war in diesem Sinne zu spät losgefahren und würde es erst aufs Essen schaffen, immerhin.

Arno Camenisch lebt als Schriftsteller in Biel.
Zum Entdecken: «Ustrinkata», Roman.

Alex Capus
Sisième

Es gibt Tage, da wundert man sich als Kleinstädter,
wieso man ausgerechnet hier und nicht irgendwo
anders sein Leben verbringt. Ich selbst lebe in
Olten und bin hier aufgewachsen, und an etwa
dreihundert Tagen im Jahr finde ich es gut, dass
auch meine Kinder hier aufwachsen. Wir haben
den Wald und den Fluss, gute Schulen und Frieden
in den Gassen, darüber hinaus tiefe Immobilien-
preise sowie sieben Kinosäle und zweiundsiebzig
Kneipen übers Städtchen verteilt. Alles sehr ange-
nehm. Aber manchmal …
Es bleibt ja nicht immer alles beim Alten in der
Kleinstadt, gelegentlich verändert sich auch etwas,
und zwar zum Guten. Das Hotel Astoria gleich
hinter dem Stadthaus beispielsweise, ein hübscher
kleiner Bau aus den Dreißigerjahren mit einem
Hauch von Bauhaus, wurde unlängst mit Geschmack und Geschick renoviert und um zwei
Etagen aufgestockt. Ganz zuoberst im sechsten
Stockwerk gibt es jetzt eine schicke Bar, in der
man einen schönen Ausblick über die Dächer

des Städtchens hat und einen Whiskey Sour für achtzehn Franken trinken kann. Und weil die Bar in der sechsten Etage liegt, hat sie der Wirt ganz weltläufig auf den Namen «Sisième» getauft. Sisième? So steht's an der Tür geschrieben.

An einem jener Tage also, an denen man sich als Kleinstädter fragt, wieso zum Teufel man immer noch hier ist, kam ich auf meinem Weg zum Postamt am Astoria vorbei. Der Wirt, den ich vom Gymnasium her kenne, stand vor der Tür, hinter der man den Aufzug ins «Sisième» nimmt.
«Du, Marius, nichts für ungut», sagte ich und deutete auf das Schild. «Aber da ist was falsch, glaube ich.»

«Wieso?»
«Na, falls das Französisch sein soll und nicht eine andere, mir nicht geläufige indoeuropäische Sprache…»
«…schreibt man ‹Sixième› mit x, das weiß ich selbst.»

«Natürlich weiß ich, dass du das weißt», erwiderte ich rasch. «Aber wieso…»
«Schau, wir sind hier in Olten», erklärte mir der Wirt geduldig. «Was wird geschehen, wenn ich ‹Sixième› mit x schreibe?»

«Was?»

«Die Leute werden ‹Sixième› mit x aussprechen!»
Es dauerte einen Augenblick, bis ich seine Über-
legung in ihrem vollen altruistischen Ausmaß er-
fasst hatte. Um seine Mitbürger davor zu bewah-
ren, «Sixième» falsch auszusprechen und dumm
dazustehen, schrieb der Wirt das Wort lieber falsch
und nahm in Kauf, selbst dumm dazustehen. Eine
wahrhaft christliche Tat, dachte ich und ging
meines Wegs. Aber blöd ausschauen tut's doch. Ein
X wäre schöner. Was soll man machen.

An solchen Tagen freut man sich als Kleinstädter
über die Tatsache, dass vom Bahnhof Olten direk-
te Züge nach Paris, Rom, Hamburg, Zürich und
Berlin abgehen. Man könnte einfach einsteigen,
wenn man das wollte. Aber dann erinnert man
sich, dass Großstädte wie Zürich oder Berlin auch
nichts weiter sind als zehn- oder hundertmal Olten hintereinander. Dort gibt's bestimmt auch
Leute, die «Sixième» falsch aussprechen. Und solche, die's falsch schreiben. Falsch schreiben müssen. Zu müssen glauben.

Aus: «Der König von Olten», Knapp Verlag

Alex Capus lebt als Schriftsteller in Olten.
Zum Entdecken: «Fast ein bisschen Frühling», Roman.

Irena Brežná

Und das Wort ist Fleisch geworden
und hat unter uns gewohnt

Ich bekam Kopfweh, wie oft, wenn ich hinausgehe, als müsste ich kopfvoran die Wand durchbrechen, die mich von der Welt trennt. Der Zug fuhr hinauf in die Bündner Alpen, ich stellte mir einen von Lüstern erleuchteten Esssaal vor, heiße, flüssige Speisen in Meißenporzellanschüsseln auf gesticktem Tischtuch. Bei Dämmerung erblickte ich am Waldrand die schwarze Hotelsilhouette. Eilig trat ich durch eine Drehtür ins Foyer ein. An den Wänden hingen Geweihe samt Schädelknochen und hinter einem roten Sofa standen ausgestopfte Hasen und Füchse. An einem Ast krallte sich ein Habicht fest und unter ihm riss ein Wiesel das Maul auf. Ich hörte fröhliche Stimmen, Madame Bijou rannte mir entgegen, drückte sich an mich mit ihrem molligen, großen Körper: «Kommen Sie, wir warten schon auf Sie.»

Schwarz gekleidete Kulturbeauftragte aus der Gegend standen mit ein paar Autoren plaudernd da.

Madame Bijou schwirrte umher, während Monsieur Bijou allen Sekt eingoss, sich in der Rolle des Dieners gefiel und plötzlich wie ein Leopard zu mir sprang, mit angewinkeltem Arm. Ich begriff, hakte mich ein, und er führte mich an einen runden gedeckten Tisch. Das war ein Zeichen für die Gäste, und sie strömten herein. Monsieur Bijou setzte sich zu meiner Linken und fing ein Gespräch über osteuropäische Länder an, für die er eine eigenwillige Werteskala hatte, einige lobte er, andere verdammte er. Seine zynischen Kommentare zeigten, dass er weit gereist war. Er hatte eine irrige Vorstellung von mir, als sei ich ständig in Krisengebieten unterwegs, und diese unkontrollierbare Bewegung reizte ihn. Ich versicherte ihm, ich säße inzwischen domestiziert am Schreibtisch, doch er hörte mit den charmanten Angriffen auf mein angebliches Herumstreunen nicht auf. Später erfuhr ich, dass Monsieur Bijou billiges Fleisch aus Osteuropa importiere.

Die Hauptspeise wurde aufgetischt, und er flüsterte mir zu: «Es ist Wild aus den hiesigen Wäldern. Wollen Sie es nicht probieren?» «Doch, doch», ich schnitt ein blutendes Stückchen ab und kaute an etwas, das ich jahrelang nicht mehr in den Mund genommen hatte. Der Rest sackte auf dem Teller in sich zusammen und wurde von einer polnischen

Küchenhilfe weggetragen. Zu meiner Rechten saß ein deutscher Dichter, dessen Namen ich laut auseinandernahm. Meine Amateuretymologie brachte einen Bären mit einer grünen Pranke hervor. Grün sei blühend, Pranke sei Kraft, alles, was er anfassen sollte, würde gelingen. Er verzog die Mundwinkel nach unten und stand auf. Als Madame Bijou ihn vermisste, sagte ich: «Er schreibt.» Das beruhigte sie, als hätte sie sich besonnen, dass sie es mit Schreibenden zu tun hatte.

Madame Bijou beschränkte sich nebst Liebenswürdigkeiten auf Organisatorisches. Umso heftiger waren ihre Begrüßungs- und Abschiedsumarmungen. Dazwischen hörte sie den Wortmächtigen zerstreut zu, die über ihren Kopf hinweg debattierten, und sie strahlte, als hätte sie der Geist persönlich gestreift. Ihre Stiftung zahlte Taxis, Flugzeug- und Zugreisen, Honorare, wenn Madame Bijou jeden Herbst ihre Lieblinge ins Grandhotel einlud. Lieblinge ist nicht das richtige Wort, denn sie hatte keine Vorlieben und keinen literarischen Geschmack, sie lud alle ein, die ihr irgendwelche Universitätskapazitäten empfohlen hatten. Sie scharte ihre Brut um sich, verstand nicht deren Geschnatter, sondern richtete ihren Blick starr auf die Einhaltung des Zeitplanes. Wenn sie rief: «Zum Tisch» oder «Taxis warten schon», klang es machtvoll.

Ein albanischer Autor las vor dem Dessert etwas über Gotteszweifel vor. Die Dolmetscherin stürzte sich gierig auf jedes Wort. Ihre Übersetzungen waren um einen Drittel länger als das Original, und da meinte die Frau des Schweizer Krimiautors, das Deutsche sei länger als das Albanische. «Nicht das Deutsche braucht mehr Worte, sondern die Dolmetscherin», korrigierte sie eine albanische Schriftstellerin. Als Madame Bijou der Dolmetscherin für «die vorzügliche Arbeit» dankte, wölbten sich deren schmale Lippen vor Genuss. Ob ihr Ehrgeiz die Folge einer entbehrungsreichen Kindheit sei?, überlegte ich.

Nach Likör und Tee schickte uns Madame Bijou zeitig ins Bett. Ich stieg die verwinkelten Treppen ins oberste Stockwerk. Hier hingen in fünf Reihen übereinander kleine Geweihe – Hunderte Grabmale mit Datum und Ort des Erlegens. Die frühsten Trophäen stammten aus der Zwischenkriegszeit. Da kam mir die albanische Schriftstellerin entgegen und entsetzt über den morbiden Wandschmuck verdrehte sie die Augen. Als ich ein Horn umklammerte, brach es ab, und sie hauchte: «Oh». Da hörten wir Schritte, ich steckte das abgebrochene Stück in die Jackentasche, eilte in meine Dachkammer und warf es aus dem Fenster in die Nacht hinaus. Beim Einschlafen hörte ich dem Nieselregen zu, das Kopfweh war verflogen.

Am Frühstückstisch sagte der Krimiautor, dass die zwei bengalischen Tiger im Flur wirklich nicht hätten sein müssen. «Auch Tiger also?», staunte ich. «Schlimm ist, dass ihr Fell in voller Größe ausgebreitet ist und die Köpfe Glasaugen haben. Sie schauen uns regelrecht an.» Mit «Frische Brötchen» und einem Lächeln setzte sich Madame Bijou neben uns. «Haben Sie die Tiger aus Indien geholt?», fragte sie der Krimiautor. «Mein Mann ist ein leidenschaftlicher Jäger», entledigte sie sich des Vorwurfes. «Schon auf unserer Hochzeitsreise jagte er Elche und Bären. In Alaska erzählten uns die Eskimos, dass der Grizzlybär den Menschen leise von hinten anfalle. Ich sah ihn einmal rennen, er war schnell wie ein galoppierendes Pferd.» Als Madame Bijou unser Befremden bemerkte, ergänzte sie fast flüsternd: «Mein Mann hatte natürlich eine Jagdlizenz», und sie stopfte sich hastig den Mund voll mit kleinen schwarzen Würsten. Wir kauten schweigend und wechselten das Thema auf Kahlschläge in der Kultur.

Ich saß neben einer litauischen Schriftstellerin, die ein Rätsel lösen wollte und meinte, ich könnte ihr dabei behilflich sein. An einer Tagung in Deutschland war sie einem kaukasischen Dichter begegnet. «Dieser Mann war wie ein Betrunkener. Er hatte drei Jahre lang in den Bergen gekämpft, aber im deutschen Wald verirrte er sich. Ich, eine Städterin, musste ihn hinausführen.» Er habe sich auf ihren täglichen Spaziergängen über sie ergossen, und sie versuchte jetzt die Flut zu ordnen. «Haben Sie sich in ihn verliebt?» Sie errötete und stammelte etwas von Freundschaft und ein paar Berührungen. Dem Weinen nah vertraute sie mir an: «Er gab mir zum ersten Mal das Gefühl, jemand zu sein. Mein Mann ist ein Wissenschaftler, tolerant zu den anderen, doch seit zwanzig Jahren sagt er zu mir: ‹Du kannst nichts, tue, was ich dir sage.› Dem Kaukasier war meine Meinung wichtig. Ich bringe all das nicht zusammen. Dabei hatte dieser Mann getötet.» Das letzte Wort presste sie so scheu aus sich heraus, als hätte sie es zum ersten Mal nicht nur ausgesprochen, sondern auch gedacht. Ich sagte zu ihr: «Sie sind nicht seine Ehefrau, er ist nicht gebunden an seine Sitten, er kann Sie achten. Außerdem ist er im Exil ein Niemand. Erst jetzt versteht er die Frau. Er braucht Sie, ihm fehlt sein Männerbund.» Sie öffnete den Mund und deckte ihn sogleich mit der Handfläche zu. Ich fing an, mit einem Anflug von Trauer zu begreifen, dass nicht ich, sondern der Kaukasier ihr wichtig war.

Beim Abschied hielt Monsieur Bijou zwei kleine borstige Hunde an der Leine, die mit der Schnauze am Boden schnüffelten, und er erklärte, sie seien darauf abgerichtet, wilde Tiere zu reißen. Dann streckte er mir die Hand zum Abschied hin und fragte forsch: «Wann geht es wieder in den Krieg?» Ein Hund legte ihm etwas vor die Füße, bellte, und Monsieur Bijou hob ein Stück Horn auf.

Irena Brežná lebt als Schriftstellerin in Basel.
Zum Entdecken: «Die undankbare Fremde», Roman.

Thomas C. Breuer
Umnachtung mit Frühstück
(The Best of the Worst)

Wenn man in einem doch vorzüglichen Hotel, z.B. im Großraum Vaz/Overvaz, den Blick vom formidablen Interieur nach draußen auf das imposante Alpengedöns schweifen lässt, möchte man sich kaum mehr erinnern, wie es am anderen Ende der Hotellerie aussehen kann – das kann doch unmöglich derselbe Planet sein, der all diese unterschiedlichen Herbergen beherbergt. Damit meine ich nicht einmal exotische Schauplätze wie San Pedro Sula, Samarkand oder Sarajewo, nein, Saarlouis tut es dann auch schon.

Der Hotelblues erwischt jeden Handlungsreisenden, vor allem, wenn er wie ich seit bald 38 Jahren unterwegs ist. Meist gerinnt er im Laufe der Zeit zu einer brüchigen Anekdote. Wie der amerikanische Schauspieler Robin Williams seinerzeit behauptete: «Tragödie ist Komödie plus Zeit.» Manchmal aber stockt einem doch der Atem. Das Saarland mit seinem rustikalen Charme bietet auf jeder Tournee gastronomische Höhepunkte sonder Zahl – nicht umsonst nennt der Welsche noch heute den Saarländer Rucksackfranzos'. Absolutes Glanzlicht das Hotel: Keines der acht Zimmer ist wesentlich größer als eine durchschnittliche Gefängniszelle. Dafür aber bar jeden Echtholzmobiliars. Der Aschenbecher auf dem Nachttisch ist gut gefüllt. Das Bett zwar frisch bezogen, aber nicht unbedingt für mich, sondern einen meiner zahllosen Vorgänger. Der Ausguss liegt fein säuberlich abgeschraubt im Waschbecken. Es gibt eine Gemeinschaftsdusche den Flur hinunter, am Ende eines interessant gestalteten Ganges, an dessen Wände Einzelteile verschiedener Schränke gelehnt wurden. Die Tür zur Dusche ist nicht verschließbar. Genau genommen gibt es keine. Der Duschraum ist mit grünem Filzboden ausgelegt. Er quietscht unter den Schuhsohlen, denn er wird täglich benetzt, da die Dusche nicht direkt über einen Vorhang verfügt. Die sanitäre Anlage selbst erweist sich als eine gigantische Petrischale voll wundersamer Keime, der Traum eines jeden Mikrobiologen.

Dieses Haus ist eine Beleidigung seiner Zunft, eine Woche lang hege ich denunziatorische Gedanken, greife schließlich zum Hörer, lasse mich zum Gewerbeaufsichtsamt Saarlouis durchstellen, nenne meinen Namen, mein Anliegen: «Guten Tag, ich wollte Ihre Aufmerksamkeit gerne auf ein Hotel in Ihrem Zuständigkeitsbereich gelenkt haben ...» Prompte Antwort: «Meine Se des Rössel in Fraulautere? Ei, des habbe mir ledschde Montag zugesperrt!»

Mein Großvater hat es in den Fünfzigerjahren immerhin zum Präsidenten des Internationalen Hotelbesitzerverbandes gebracht. Ich bin in der Gastronomie aufgewachsen, Großeltern, Eltern, Verwandte, alle machten in Hotels, wie man damals sagte, in Restaurants und Konditoreien, die ganze Palette vom Grandhotel zur Altölgaststätte, in leider genau dieser Reihenfolge, zielstrebig hat man sich von oben nach unten gewirtschaftet, einmal im Jahr hing das verheißungsvolle Fähnchen über dem Eingang: «Unser Pommes-frites-Fett hat gewechselt! Le fett de pomme de frites nouveau est arrivé!» Dazu Soßenfix, eingedoste Prinzessböhnchen, Schweinesteak Westmoreland, die ganze Palette. Der Begriff Gastronomie teilt sich mit der Gastritis nicht zufällig die ersten fünf Buchstaben.

Lahr, einige Jahre später. Den Frühstücksraum darf ich mit den Mitgliedern des Männergesangsvereins Germania 1862 aus Driedorf im Westerwald teilen.

Es steht zu befürchten, dass sie jederzeit in Gesang ausbrechen, zumal der ständchenverdächtige Muttertag auf dem Kalender steht. Wäre jetzt ein kleines Wortspiel gestattet, ich würde «l'art pour Lahr» bevorzugen. Die Frühstückswüstenei ist wohl mit den Dekobeständen eines bankrotten Bestattungsunternehmens bestückt: Tischdecken in Altrosa und Heerscharen Blumen, die länger als Kakteen ohne Wasser überleben können. Aber selbst diese Klitsche verfügt über ein Frühstücksbuffet, was letztlich der dramatischen Preisentwicklung in der Abfallbeseitigung geschuldet ist. Die Tische werden dominiert von geschmackvollen Tischabfalleimerchen (wieso gibt es da eigentlich noch keine Mülltrennung?) und Maggiflaschen: Hier, im Herzen der deutschen Gastronomie, dürfen Maggifläschchen noch sein, was Maggifläschchen sind: eines der letzten Mysterien der Moderne. Auf den Marmorsimsen glucken sinnfreie Hennen aus Ton als Lob des Frühlings? Des Landlebens? Der Bodenhaltung? Frühstücksräume zählen zu den letzten Habitaten der Harlekine, die den Besucher von holzvertäfelten Wänden herunter unnachgiebig anstarren. Eine Wand allerdings wird vom Gesamtpanorama «Kaiserzinne» in Beschlag genommen, einem raumgreifenden Motiv, dem man nachgerade dankbar sein muss, verunmöglicht es doch die Ansiedlung weiterer Clownsfratzen.

Im Radio mühen sich die ganze Zeit über amerikanische Kolleginnen und Kollegen des MGV Germania ebenso vergeblich wie unpassend mit ihren Sangeskünsten ab. Raus hier, lieber eine halbe Stunde zu früh am Bahnhof, die Wirtin berechnet 50 Pfennig für den Anruf beim Taxiunternehmer, alles wohl eine Frage des Services, und ich sage beim Auschecken: «Ach ja, und ich hatte noch zwei Pommery-Piccolos aus der Minibar.» «Minibar? Minibar?», wiederholt sie ratlos. «Aber unsere Minibars sind doch leer!»

«Sehen Sie», sage ich, «genau das ist mir auch aufgefallen!»

Wenn ich was kann, dann Hotels. Und bin eben durchaus befangen bei diesem Thema, verfüge über keinerlei Distanz, die Grenzen sind fließend. Mein Bruder hat mal gesagt, wenn er damals nach Hause gekommen sei, habe er nie genau gewusst, ob er als Sohn, als Angestellter oder als Gast willkommen war. Falls überhaupt – Hoteliers haben kaum Zeit für Familienkram.

Als Heimatlosdichter, als Fahrtenschreiber kenne ich sie alle, vom Viersterne-Palast bis hin zum Absteigenberger, mit Zimmern so winzig, dass auf den Flur hinaustreten muss, wer seinen Koffer öffnen will. Genau genommen war das gar kein

Hotelzimmer, sondern ein begehbarer Nachttisch, in dem man etwaige innenarchitektonische Ansprüche praktischen Erfordernissen geopfert hatte – alles war auf Reinigung mit dem Gartenschlauch getrimmt, die Wände dermaßen dünn, dass man nass wurde, wenn der Nachbar duschte. Ohnehin lag man seit halb sechs Uhr wach, als der Sockenvertreter links ins Waschbecken pieselte. Unvergesslich auch der Hotelzimmerblues in Andernach, eine Wellblechmatratze Marke «Orthopädischer Hof» auf einem Gestell, das ein heruntergewirtschafteter Trampolinclub günstig abgestoßen hatte. Ein Sofa, das zu lange in der Gewalt eines Brokatfetischisten gewesen war. Fließend kalte Schauer auf allen Etagen. Der Reizwecken-Van-Gogh befriedigte kulturelle Wünsche nur unzureichend. Charakterlich weniger gefestigte Menschen wären vielleicht aus dem Fenster gesprungen, obwohl das seit Rex Gildo irgendwie out ist.

Zimmermädchen sind meine Bezugspersonen, freilich nicht im Strauss-Kahn'schen Sinne. «Home is, where my handy is.» Ich habe bald 3500 Auftritte hinter mir, die Beerdigung meiner Tante in Duisburg nicht einberechnet. In einem orthopädisch unkorrekten Leben unterwegsle ich ohn' Unterlass, verfolgt von kleinen Haribo-Goldbärentüten, die auf den Kopfkissen auf mich lauern und manchmal im Zug. Ich weiß längst, um welche Etablissements ich besser einen großen Bogen machen sollte. Hotels mit Tiernamen wie «Zum Ochsen» oder «Zum staubigen Bären» – vergiss es, da genügt schon der Blick von draußen. Auch diese französischen Legobauten sind eher zu meiden, deren Zimmer nichts anderes sind als geringfügig ausgebaute Nasszellen aus Hartschaum. Manche Hoteliers sind ja der Ansicht, dass sie, wenn sie nur fünf alte Ausgaben des «Stern» in der Raucherlounge deponieren, alle Kriterien fürs Fünfsternehotel erfüllt haben. Mittlerweile nehme ich gerne Ketten in Anspruch, da komme ich bei wildfremden Duschsystemen wenigstens in Windeseile hinter die richtige Kombination. Wer als Global Player dauernd unterwegs ist, will ja keinesfalls jede Nacht in einem fremden Hotelzimmer den Lichtschalter ertasten müssen. Morgens im Frühstücksraum riechen ohnehin alle Gäste konsequent nach dem gleichen Duschgel: ein Anflug von Zeder mit Limonennoten und ein Schimmer von Zitronengras, halbseiden in der Tiefe und etwas seifig im Abgang.

Es ist schwer, sich zur Wehr zu setzen. Ich kenne Kollegen, die stets kognakfarbenen Tee dabei haben, mit dem sie die Minibarbestände wieder auffüllen. Ich habe weder «Holiday Inns» noch

«Holidays Outs» verschont, nächtigte klaglos im «Best Western» ebenso wie im «Worst Eastern». Trotzdem: Selbst ohne auswärtige Termine könnte ich nicht von ihnen lassen, ich würde dann mutmaßlich in ein Hotel ziehen. So wie die großen Philosophen Jean-Paul Sartre und Udo Lindenberg. Typischer Fall von Prägung. Ein Musikerkollege hat mal erwähnt, er sei so viel unterwegs, dass er versehentlich mal den Zimmerservice angerufen habe, als er zu Hause war. Bei mir ist es schlimmer: Es meldet sich sogar jemand.

Thomas C. Breuer
lebt als Kabarettist und Autor in Rottweil, Deutschland.
Zum Entdecken:
«Schweizerkreuz und quer 2.0», Erzählungen.

Ernst Bromeis
Seerien

Funtana, source e ressource,
Bach e Bachus.

Unser Privileg an der Quelle zu leben.

Seen seen.
Seelen seegeln seelig dahin.

Verseeentlich geseeen,
beseelt Seesam Seerafin.
Seerum Seegen.

Seensucht Seerenade.

Jeder See hat eine eigene Seele.

Mussee, Glacee, Heidsee – vacanzsee!

Lago mio.

Meer, meermals, Meerwert, meerschichtig
vermeeren.
Fermare mare. Grenzen.

Es gibt ein Recht auf Leben.

Saua aua.

Nichts verbindet uns mehr als das Wasser.

Eis.
Reise leise weise.

Wasser ist endlich.

Blau bleu blue,
blu, blu, blu.

Wer das Wasser liebt, liebt das Leben.

Ernst Bromeis
lebt als Wasserbotschafter und Grenzschwimmer in Davos.
Zum Entdecken:
«Graubünden – Das blaue Wunder», Bildband.

Flurin Caviezel
Heidi

Kürzli hann i uf dr Heid an Uftritt kha. So sägan
miar z'Graubünda dr Lenzarheid. Jo miar hänn a
bitz anderi Näma für d'Ortschafta. Für d'Lenzerheid khönn miar au eifach Vaz säga. Aber denn
ischas wichtig, dass ma uf Vaz uffa sait, will wem-
ma uf Vaz ussa sait, denn goht ma uf Untervaz un
eba nit uf Obervaz, wo faktisch z' glycha wia
d'Heid, also d'Lenzerheid isch. Woby uf romanisch
gohn i nit uf d' Heid un au nit uf Vaz. Denn gohn
i uf Lai. «Eu vegn sü Lai». Das isch z'Wort für
d'Lenzerheid. «Lai» heisst glychzietig au See. Un
genau das hät's döt oba. Woby «Lai» heisst nur
z'Dorf Lenzerheid. D'Gegand Lenzerheid heisst
uf romanisch «Planeiras». «Ina Planeira» isch «eine
Ebene», eba «eine Heide», un genau das hät's döt
oba.
Aber eigantli hann i öppis ganz anders wella var-
zella, wo uf dr Heid passiart isch. I han also min
Uftritt kha, un noch dem khunnt z'Heidi, a Pürin
zu miar, won i scho lang khenna aber scho lang
nümma gseh hann. Hann an Uh-Fröid kha, dass

sie in mini Vorstellig kho isch. Sie hebbi fascht nit khönna kho, hät sie miar denn varzellt, in iahram Stall segg nämmli grad a Kuah am kalbara gsi. Das Stierli segi denn aber no zur Zyt kho un so hebb sie's grad no do hära gschafft. «Jo und wia heisst das Stierli?», hann i gfogt. «Das wüssi sie no nit, aber wenn i welli, taufi sie's Flurin.» I hann glacht un denn hämmar no über dies un jenas gredat un denn bin i hai gfahra. Un no in dära Nacht hann i as Fötali uf mis Handy kriagt. A härzigs klys Stierli wo genau glych wian i heisst: Flurin. Er könni scho allei uf allna viera stoh un suufa tegi er au scho guat. Herzig, gellandsie. Un jetz gohn 'na denn go psuacha, min Namensvetter. Z'Heidi hät denn no gmaint, i sölli den impfall wenn möglich vor am Herbscht kho. «Warum?» Un sie: «Khasch au spöter kho, nur isch er denn nümma im Stall, denn isch er in dr Küahltrua.»

Flurin Caviezel
lebt als Kabarettist, Musiker und Autor in Chur.
Zum Entdecken: «Wie gsait», Morgagschichta inkl. CD

Daniela Dill
Backpacker oder Nicht von dieser Welt

Du bist sexy. Du bist smart. Du bist open minded.
Du bist der Held, der die Welt erobert – du bist der
Backpacker.
Mit einem World-around-one-way-Ticket ausge-
stattet, stürzt du dich ins Abenteuer; durchkreuzt
Wälder, besteigst Berge, beschwimmst Meere, jagst
durch Felder nach dem höchsten Seinszustand und
singst am Lagerfeuer, Hand in Hand, ein Lied mit
den Apachen – ihr versteht euch zwar nicht, aber es
ist die Herzlichkeit und das Lachen, das euch miteinander verbindet. Du pumpst dich voll mit Sinnes-
reizen, reist im Rausch von Land zu Land, lehrst
den Chicks das Beinespreizen, poppst dich durch
von Strand zu Strand und klebst in dein Bikini-
Heft die Bilder der Gespielinnen. Im Erlebnis-Sam-
melwahn klapperst du den Weltmarkt ab, steigst auf
die Kamelenbahn und reitest auf dem Wild-Pick-up
durch die weite Kalahari bis nach Sambia zur Safari,
wo du durch die Wildnis browst und ohne pop-up
Tiere schaust. Auf dem Felsblock knipst du Fotos,
huckepack mit einem Buschbock, stellst die Pics

auf deinen Blog yehyehyeh.ich-bin-ein-held.komm
klick mich an/du Opfer.

Und zum Bongo tanzt du Tango mit einer Flamen-
co-Frau, gleitest mit ihr durch den Kongo auf Parkett zur Völkerschau: ein blindes Kind mit einem
Bein, ein Mann ohne Gebiss, ein Waisenbub mit
Brüderlein, die Zukunft ungewiss. Und trotzdem
sind die armen Menschen mega, mega, mega glücklich, lachen, singen, tanzen, springen – das findest
du brutal eindrücklich. Du bleibst kurz stehn, doch
kaufst du nichts, nur gefakte Sonnenbrillen: Gucci,
Guess und Hugo Boss – groß genug für die Pupil-
len. Du bist der Crack mit dem Röntgenblick. Du
bist der Backpacker.

In der Rikscha drehst du heiter auf dem Welten-
karussell, bis New Delhi und noch weiter spielst du
auf dem Trommelfell Bollywood-Musik vom Feins-
ten. In Kalkutta eingetroffen, tauchst du in den Ganges ein, wärst bei einem Haar ersoffen, du durch-
lebst die Seelenpein im Wässerlein vom Reinsten.
Es schwemmt die Sünden aus dir raus, befreit dich
von dem Bösen, die Hindu-Kuh muht laut heraus,
um dich zu erlösen. Und wie du so im Wasser liegst,
erkennst du klar und deutlich, dass du dich im
Glauben wiegst, das stimmt dich sehr nachdenklich.
Zwar glaubst du nicht an einen bestimmten Gott,
aber an irgendeine höhere Instanz. Vielleicht sogar
an dich selber. Erleuchtet steigst du aus dem Fluss,

gefolgt von hundert Frauen, verlangst von jeder einen Kuss und ziehst sie ins Vertrauen: «Hört, liebe Schwestern, Hare Krishna ist von gestern.» Barfuß und mit wollnem Haar schwebst du in der Stille und alles ist so wunderbar durch deine Prada-Brille. Von der Reise noch benommen, fliegst du durch das Himmelszelt, kaum zu Hause angekommen, erklärst du uns die Welt. Du hättest so viel Leid gesehen. Wir sollten mal nach Indien gehen, um dich besser zu verstehen. Das kannst du nicht in Worte fassen, was du da erfahren hast. Die Menschen dort im Elend lassen, heißt so viel wie Dauerlast. Und du sprichst: Mögen die Kinder in China für ihre Arbeit besser bezahlt werden! Mögen die Frauen bei der Zwangsheirat ihr Kleid selber aussuchen dürfen! Aber leider, es tut dir wirklich mega leid, da kannst du nichts dafür, steht der Alltag startbereit vor der Wohnungstür.

Wer bist du, Backpacker? Woher kommst du? Und wer schickt dich in die weite, ungerechte Welt hinaus, um über sie zu richten, Bruder? Du bist kein Held, du bist nicht von dieser Welt. Du bist der Globetrottel.

Daniela Dill
lebt als Poetry-Slam-Künstlerin und Autorin in Basel.
Zum Entdecken:
«Herz Rhythmus Störungen», Kurzgeschichten.

Heinz D. Heisl
Der Koffer im Schweizerhof

You, Yankel Fixel, have never seen the seal of God.

William H. Gass

DER GSCHWENDTNER hieß es, der Gschwendtner. Jeder im Hotel sagte sofort: «Ja... der Gschwendtner», insofern man auf den Vorfall zu sprechen kam, «der Nachtportier Gschwendtner» oder «unser Nachtportier, der Gschwendtner». Und immer war der jeweilige Satz von einem Lächeln begleitet gewesen, entweder einem mitleidigen Lächeln oder einem Lächeln, das unverhohlene Schadenfreude hatte erkennen lassen. Jeder im Hotel redete über den Vorfall. Jeder wusste irgendetwas. Zu hören war allerdings stets nur Widersprüchliches. Und je weiter man sich vom Ort des tatsächlichen Geschehens – der Rezeption – entfernte, um so widersprüchlicher und mitunter absurder gestalteten sich die Aussagen. So war man etwa im Westflügel des Hotels vollkommen anderer Meinung als in der Küche. Die Aussagen des

Personals vom Zimmerservice unterschieden sich völlig von den Aussagen der Kellner, ja ... selbst in der Direktion – auf höchster Ebene sozusagen – hieß es, sei man sich keineswegs einig. Anders der Nachtportier Gschwendtner. Der Gschwendtner war der Einzige, der wieder und wieder dieselbe und zugegeben etwas merkwürdige, ja ... vielleicht sogar beängstigende Erklärung zum Vorfall abgab, um eben diesen folgendermaßen darzustellen: In der Nacht vom 11. auf den 12. (vom 12. auf den 13. wurde vom Küchenpersonal behauptet, vom 10. auf den 11. wollte man im Westflügel des Hotels wissen usf.) sei ihm urplötzlich dieses Geräusch aufgefallen; außerordentlich ruhig sei es in dieser Nacht gewesen, so der Gschwendtner, und heftig geschneit habe es, die Straße vom Tal herauf habe man gesperrt in dieser Nacht (nein ... die Straße sei nicht gesperrt gewesen, so die Kellnerschaft etc.). Schlagartig habe er dieses Geräusch zuordnen können und gleichzeitig mit dem Erkennen war er sich aber auch der Unmöglichkeit, ja ... Unsinnigkeit eines Zuordnens des Geräusches an diesem Ort bewusst. Es war das Geräusch eines fahrenden, sich fortbewegenden Zuges gewesen. Aber ... hier oben am Berg existiere keine Bahnlinie zum Ersten und zum Zweiten sei das Geräusch ein konstantes Geräusch geblieben, das eine Bewegung andeutete; dabei schien sich jedoch nichts zu bewegen, besagtes Bewegungsgeräusch blieb nämlich ein konstantes Bewegungsgeräusch (der Hausmeister Oberkofler tippte sich dann jeweils mit dem Zeigefinger heftig gegen die Stirn und meinte «sono tutti pazzi a casa, tutti pazzi»). Aus dem Gepäckraum hinter der Rezeption sei das Geräusch gekommen. Und nachdem er, der Gschwendtner, so der Gschwendtner, aufgestanden sei und die Tür des Gepäckraumes geöffnet habe, habe er sofort den Koffer gesehen, welcher auf einem der Regale gelegen habe (ein Schiffskoffer, meinten die Kosmetikerinnen des Kosmetikladens im Parterre, nein … im besagten Zeitraum habe sich unter Garantie nicht ein einziges Gepäckstück in dem Raum befunden, hieß es aus der Direktion). Eine ganze Weile sei er dann nur so dagestanden und habe gehorcht, sagte der Gschwendtner, und mit einem Mal habe er in dem Fahrgeräusch – oder aus dem Fahrgeräusch heraus – Stimmen vernommen. Männerstimmen und Frauenstimmen, es sei durcheinandergeredet worden, wild durcheinandergeredet, zwischendurch sogar geschrien. Von dem, was oder worüber dort drinnen gesprochen worden sei, habe er allerdings nichts verstanden. Und draußen habe es geschneit und geschneit. Draußen sei es still gewesen, ein unangenehme Stille, so der Gschwendtner (geregnet habe es, geschüttet was herunterging, so der Bademeister Aerni).

Nach einiger Zeit des Hinhorchens habe er sich entschlossen, den Koffer zu öffnen, um nachzusehen, was es mit dem Geräusch und vor allem was es mit den Stimmen dort auf sich habe; und er wisse noch genau, dass dort zwei Schnappschlösser gewesen seien – kein Reißverschluss – es demnach ein alter Koffer gewesen sein musste. Auch könne er sich noch genau an jenen Moment erinnern, als – nachdem die Lasche des zweiten Schlosses mit einem Knacken aus der Arretierung gesprungen sei – nurmehr das Geräusch der Fahrt zu vernehmen gewesen sei. Einen Augenblick lang habe er noch zugewartet, so Gschwendtner, um hernach den Deckel mit einem Ruck zu öffnen. Ob sich dann alles ganz schnell oder aber ganz langsam vollzogen habe, vermöge er nicht mehr zu sagen, nur... dass er in ein Zugabteil geblickt und jede der sechs in diesem Zugabteil sitzenden Personen das Gesicht bereits in seine Richtung gedreht habe; die weiter hinten am Fenster Sitzenden hätten ihre Oberkörper ein wenig nach vorne gebeugt. Eine Frau rechts am Fensterplatz habe ihn dann gefragt: «Wissen Sie, wie lange wir noch durch diese Nacht fahren?» Im Fenster seien Lichter aufgetaucht und wieder verschwunden und... eine Stadt habe er gedacht, der Zug fährt durch eine Stadt. Der Herr vorne an der Tür fasste nach Gschwendtners Sakkoärmel und fragte: «Sagen

Sie, stimmt es, dass die Menschheit auf einen neu-
en großen Krieg hinarbeitet?», worauf er dann ein
Auge zukniff und meinte: «Oder ist jener etwa
schon im Gange?» «Ja ... schon im Gange!», rief
der neben ihm Sitzende. Und die Frau gegenüber:
«Waren wir denn schon in Innsbruck? Ich muss in
Innsbruck umsteigen, wissen Sie.» Der Gschwendtner zog mit einem heftigen Ruck seinen Arm zurück (es wurde am Sakkoärmel gezogen) – einer
der goldenen Hausuniformknöpfe sprang dabei
ab – und drückte den Kofferdeckel zu. Fest habe
er drücken müssen, sagte er, denn von innen sei
sofort Widerstand geleistet worden.

Zuerst sei er zurück an seinen Platz an der Rezeption, habe es dort aber nach einer Viertelstun-
de (nach einer halben Stunde, so die Masseurin
Eberle, eine österreichische Gastarbeiterin) nicht
mehr ausgehalten und sei aufgesprungen, habe
den Koffer aus dem Gepäckaufbewahrungsraum
geholt und sei mit dem Koffer hinaus ins Schnee-
treiben und durch knöcheltiefen Schnee hinüber
zum Parkplatz gegangen. Dort habe er den Koffer
in den Gepäckstauraum des Reisebusses der Firma
Rindfleisch geschoben, ganz hinten hinein zwischen die Verstrebungen des Fahrgestells, wo das
überzählige Stück vorerst hoffentlich niemandem
auffallen werde; der Reinigungstrupp der Firma

Rindfleisch solle sich doch um den Koffer kümmern, habe er, der Gschwendtner, sich gedacht.
Es habe geschneit und geschneit in dieser Nacht
und eine Stille sei im Haus gewesen wie noch
nie. Übrigens: Der Parkplatzwächter Grüninger
soll gesagt haben, dass in jener Nacht nur ein Bus
des Personentransportunternehmens Füglistaller
auf dem hoteleigenen Parkplatz abgestellt gewesen sei.

19. Oktober 2013, Lenzerheide

Heinz D. Heisl
lebt als Schriftsteller und Musiker in Innsbruck und Zürich.
Zum Entdecken: «Greiner», Roman.

Matto Kämpf
Das Margritli hinter dem Büfett

Dort, wo draußen die Nebelschwaden den Gras-
hügeln entlangkriechen und drinnen die Stumpen-
schwaden den Jassregeln entlangkriechen, hängt
ein toter Mann am Zwetschgenbaum. Offenbar ist
er vorher mit einer Mistgabel verlöchert und nur
noch pro forma an den Baum gehängt worden.

Aha, denkt der Kommissar.
Er ist ein Weltkrieg von einem Mann: 1.70 groß,
längliche Arme, Schnauz.

Unter dem Jubel der Dorfbewohner versucht der
Landjäger aus dem Nachbardorf die Leiche vom
Baum zu reißen. Dabei veranstaltet er ein ordent-
liches Gaudi, als dessen Krönung er sich mit vollem
Gewicht an die Füße des Toten hängt. Dadurch
wird dem Toten der Kopf abgerissen, worauf dieser Kopf in hohem Bogen über den Dorfbach
fliegt. Der Rest der Leiche fällt auf den zu Boden
gestürzten Landjäger, wobei das Blut fontänenar-
tig in alle Richtungen schießt.

Das ist Land-Humor, denkt der Kommissar.

Nun tritt Kriminalassistent Meuchli unter den Zwetschgenbaum. Der Kommissar und Meuchli gehen sofort in den Gasthof Zur Sau, die einzige Wirtschaft im Dorf.

Hinter dem Büfett hantiert das Margritli.

Als der Meuchli gegangen ist, erkundigt sich der Kommissar nach einem Zimmer. Das Margritli überreicht ihm einen Zimmerschlüssel, an dem ein Holzplättchen hängt, in welches in naiver Manier Höhepunkte der Gegenreformation geschnitzt sind. Stunden später steigt der Kommissar vom Schnaps erschöpft in sein Zimmer hinauf.

Genie Lavabo, denkt der Kommissar, während er ins Waschbecken erbricht.
Im Traum erschießt der Kommissar einen Orientierungsläufer.

Wachgeschüttelt vom altbekannten Stumpenhusten erwacht der Kommissar schleimgebadet. Vor dem Fenster jubiliert eine verhutzelte Krähe.

Dem Kommissar wird geraten, die Hösteler zu verhören, eine strube Sekte, die seit Generationen abseits des Dorfes an der Baumgrenze oben herumstündelt. Beim Einnachten erreicht der Kommissar den Weiler. Auf dem Platz zwischen den Höfen mottet ein Scheiterhaufen. Am letzten Donnerstag des Monats werden Hausierer verbrannt. Ein untersetztes Schnapsendlager steuert auf den Kommissar zu und zeigt zum größten Bauernhaus. Jetzt kommen von überall her verkrüppelte Toggeli angesaust. Der Kommissar kann sich kaum wehren, von allen Seiten springt der Inzest an ihm hoch. Überall Zöpfe und Kröpfe.

In der großen Stube des Bauernhauses thront Paulus Kräuchi auf dem heiligen Ruhbett. Kräuchi zeigt dem Kommissar ein Zündholzschachteli, auf dem sich zwei Schwinger gratulieren. Darin liegt auf Watte gebettet eine besondere Reliquie: ein Brösmeli Jesu. Es stamme vom Abendmahl und habe sich beim Kuss auf Judas übertragen, erläutert Kräuchi. Im vierzehnten Jahrhundert wurde es von einer fanatischen Nonne entdeckt, welche das Skelett von Judas ausgegraben habe, um es zu verprügeln.

Der Kommissar lässt den Rumpf des Toten in der Kegelbahn aufbahren. Dieser sieht mittlerweile aus wie püriert, mehr Dessertbüffet als Leiche. Der Kommissar beginnt zu autopsieren. Um den

Kommissar herum wird gekegelt wie der Teufel. Da der Stumpenqualm alles vernebelt, sind die neun Kegel am Ende des Couloirs nicht mehr zu sehen. Die Dörfler kegeln im Blindflug. Ein herausragend humorisierter Brissagozwerg schießt hin und wieder in die falsche Richtung und hält sich die Geschwüre vor Lachen. So wird schließlich dem Obduktionstisch ein Bein abgekegelt und der Kommissar muss den Leichnam am Boden zusammenlesen. Er lässt sich aber nichts anmerken und bestellt einen Krug Pflümliwasser. Oben in der Gaststube läutet das Telefon. Am Apparat ist der Telefonkegler.

Kurz vor Mitternacht ist in der Sau wieder mal die Hölle los. Jeden Abend dasselbe: Die Bauernschaft, gallonenweise zugesoffen, will die Gaststube ums Verroden nicht verlassen. Das Margritli muss schäumen und toben und mit der Kantonspolizei drohen. Die Bauern, welche das Margritli während Stunden hofiert haben und ihm noch und noch gesagt haben, welch anmutiges Gschöpfli es sei, werden nun regelmäßig ausfällig und hängen ihm allergattig Schlämperlig an, nur um es am nächsten Abend ab Bier null wieder von Neuem zu beliebäugeln. Wenn die Gaststube dann endlich leer ist, sieht der Kommissar seinen Moment gekommen, um triebtätig zu werden. Doch der Angriffsplan misslingt immer, weil er vor lauter Pflümli nicht mehr sprechen kann. Er schwankt dann im Tempo von einem Meter pro Minute auf das Margritli zu, öffnet mit Mühe den Mund, kann aber mit der ausströmenden Luft nur noch den im Schnauz klebenden Bierschaum zu Bläschen blasen. Manchmal fällt er und schlägt hart auf einem Kägi fret auf.

Diese täglichen Sexualniederlagen erinnern den Kommissar bitter an den Tag, wo er als Bub während der Behandlung bei der Laus-Tante ahnte, welch fulminante Bresche die Erotik in sein Leben schlagen könnte.

Der Sonntag will begangen sein. Dementsprechend geht der Kommissar in die Predigt hinein. Die Kanzel knirscht, Pfarrer Strübi spricht vom Heuland und wie er in die Welt kam. An der Orgel sitzt der sechsarmige Fritz Würgli, im Kirchenschiff siechendes Weibervolk. Auf Strübis Geheiß wird das Kirchengesangbuch aufgeschlagen und der orgelnde Tintenfisch und die zittrigen Weiblein legen los, gemeinsam aus dem letzten Loch pfeifend: Wenn die Schleusen sich oeuvfnen, dann ist ER nah.
Darauf predigt wieder der Strübi. Bei der Ermahnung «Wer sündigt, den holen die Höigümper»

springt einem verzückten Weiblein das Gebiss aus dem Skelett und verbeißt sich im Bürzi der Vorderfrau, worauf diese zu zetern beginnt, wodurch die Kanzel einstürzt. Predigtabbruch.

Am Abend sitzt der Kommissar wieder in der Gaststube und schielt verstohlen durch einen Speckauflauf auf die wendige Figur des milchaufschäumenden Margritli. Ihre Beine münden so selbstverständlich in ihr Gesäß, als hätten sie nie etwas anderes getan, denkt der Kommissar verträumt. Sie ist eine protestantische Schönheit, wie ein Volvo.

Matto Kämpf lebt als Autor und Kabarettist in Bern.
Der Text stammt aus «Krimi», ein Krimi.
Zum Entdecken: «Isch es wahr?», 12 Postkarten
(mit Text auf der Rückseite) mit Bildern von Yves Noyau.

Tanja Kummer
Die Dynastie

Kürzlich hat wieder einmal ein Journalist gefragt:
«Wie kamen Sie auf die Idee für Ihre Bestseller-
Trilogie?», und ich habe wie immer geschwiegen.
Aber nun nutze ich die Gelegenheit, um endlich
die Wahrheit zu erzählen, denn die Idee zur Er-
folgssaga «Die Dynastie», die gerade verfilmt wird,
habe ich einem Hotelaufenthalt zu verdanken.
Und das war so: Als erfolgloser Schriftsteller, der
ich bis vor fünf Jahren war, schrieb ich zahlreiche
Bewerbungen für Schreibaufenthalte. Sie dauern
bis zu einem halben Jahr und haben viele Vorteile:
Man hat ein Dach über dem Kopf, erhält oft gar
ein Taschengeld und niemand kümmert sich darum, was man eigentlich macht, wenn man am
Ende des Aufenthaltes nur eine öffentliche Lesung
hält. Ich bewarb mich überall, ob nun städtische
Künstlerwohnungen, Dachkammern von privaten
Vereinen oder schattenseitig liegende Hotel-Ein-
zelzimmer vergeben wurden, erhielt aber immer
Absagen aus wahlweise einem der folgenden Grün-
de: Ich war a) zu alt (Schriftsteller werden zwar

noch mit 45 «Jungautoren» genannt, die obere Grenze für Preisvergaben und Fördergelder liegt aber bei 35 Jahren), sie hatten b) unendlich viele Bewerbungen erhalten und «konnten Sie leider nicht berücksichtigen» oder ich hatte c) zu wenig publiziert. Die Ausschreibungen richten sich zwar immer «an alle», aber es kommen meistens dann doch nur die großen Namen in die Kränze.

So ist es mir bis dato ein Rätsel, warum mir ein Nobelhotel am Vierwaldstättersee einen Schreibaufenthalt offeriert hat. Zwar nur für eine Woche und ohne Taschengeld, dafür mit Kost und Logis und verbunden mit einem Auftrag: Ich sollte an meinem letzten Tag im Hotel beim Dinner eine Geschichte vorlesen, in der das Hotel die Hauptrolle spielt. Ich stellte mir die Lesung in einem pompösen Speisesaal mit gut betuchtem Publikum vor, in dem sich gar ein Mäzen finden könnte, und reiste mit Laptop und wichtiger Miene an. Bei meinem ersten Frühstück im Hotel fiel mir ein Paar mit frappantem Altersunterschied auf. Die Frau mit ihrem blonden, hüftlangen Haar konnte höchstens 25 sein. Der Mann mit Glatze war mit Sicherheit pensioniert. Sie küssten sich gerade, als ich zurück auf mein Zimmer ging und dort eine Anfangsblockade erlebte. Alles war parat: Der Computer zeigte ein leuchtend-weißes Blatt Papier, links stand eine Flasche Wasser, rechts fanden sich Block und Stift, um Ideen zu notieren. Es war alles da – aber nichts ging. Ich beschloss, einen Spaziergang zu machen, und sah auf dem Seeweg den Pensionär mit Glatze - und einem Kinderwagen. Ich überholte und schielte in den Wagen: Dort saß ein blonder Junge, der an einem Nuschi herumzupfte und vor sich hin brabbelte. Hoppla Schorsch, dachte ich, das ungleiche Paar hat bereits ein Kind!

Als ich zurück ins Hotel kam, machte das Zimmermädchen gerade mein Bett. Die nicht mehr ganz junge Italienerin begrüßte mich mit einem rauchigen «Ciao» in einer betörenden Mischung aus Schüchternheit und Charme und mir war sofort klar, wer die Hauptfigur meiner Geschichte sein würde: ein Zimmermädchen. Ein Zimmermädchen, das ... was könnte sie sein? Die Geliebte? Die Mörderin? Eigentlich ein Mann?

Ich notierte Ideen, googelte, las, und ehe ich mich versah, war es Abend, ich ging essen und nachher ins Bett.

Am nächsten Tag wollte ich auf die Rigi fahren, denn ich brauchte frische Luft, um meine Geschichte entwickeln zu können, wurde aber schon an der Rezeption angehalten; niemand durfte das Hotel verlassen, da eine Frau mit Chloroform betäubt worden war und die Polizei vielleicht einige

Gäste vernehmen wollte. Ich staunte darüber, dass man heutzutage tatsächlich noch jemanden mit Chloroform betäubte – das war ja wie in einem Krimi von Agatha Christie!

Wer das Opfer war, wurde mir klar, als der Pensionär nur mit dem Jungen zum Abendessen erschien und ein bulliger Mann, der einen Knopf im Ohr trug und dauernd in seine hohle Hand flüsterte, nicht von ihrem Tisch wich.

Die Gäste durften das Haus auch am Abend nicht verlassen und wurden gebeten, sich in der Lobby zu versammeln. Dort wurde uns nahegelegt, einen Vertrag zu unterschreiben, in dem stand, dass wir über die Geschehnisse im Hotel rund um die Familie Maggenberger schweigen würden. 10 000 Franken sind eine stattliche Summe dafür, wenn man lediglich den Mund halten muss. Ich unterschrieb. Es schien sich niemand über den Vertrag zu wundern, offenbar ist dieses Vorgehen bei den Gutbetuchten gang und gäbe.

Aus den Gesprächsfetzen der Oberen Zehntausend, die gerade um Zehntausend reicher geworden waren, setzte ich Folgendes zusammen: Die junge Sylvie Maggenberger war in ihrem Zimmer betäubt und ausgeraubt worden – ein Skandal, der die Sicherheitsvorkehrungen des Hotels infrage stellte, denn der Dieb hatte sich an einem Lüftungsrohr emporgehangelt. Nun war man in

Sorge um den blonden Jungen, Charles-Yves, und fürchtete eine Entführung.

Es erstaunte mich nicht, dass ich noch nie von der Schweizer Familiendynastie Maggenberger gehört hatte, die weltweit Immobilien besaß, schließlich konnte sie sich ja kaufen, dass man nicht über sie sprach.

Ich schrieb in der Folge nur noch halbherzig an meiner harmlosen Geschichte herum, die mich langweilte; aber nach den Geschehnissen wollte ich beim Dinner nichts vorlesen, das auch nur ansatzweise kriminell war. Die Geschichte handelte von einem tollpatschigen Zimmermädchen, und als ich am Freitag fertig war, gönnte ich mir den verhinderten Ausflug auf die Rigi. Dort angekommen, durchzuckte mich der Schreck wie ein Blitz: Ein Paar mit Kinderwagen machte sich auf den Weg bergab und ich hatte gerade noch einen Blick auf das Kind erhaschen können, bevor die Frau das Verdeck des Wagens hochklappte: Das Kind mit dem leuchtenden Blondschopf war eindeutig Charles-Yves, der gerade entführt wurde. Ich folgte dem Paar und rief dabei die Polizei an, der ich nicht zweimal erklären musste, wer die Maggenbergers sind. Bald rotierten Hubschrauber über uns und ich hörte die Hunde der Polizisten bellen. Aber als ein breitschultriger Mann mit

Knopf im Ohr hinter einem Busch hervorgestapft kam, das Paar flankierte und sich suchend umschaute, ahnte ich, dass alles anders war, als ich gedacht hatte, und just nicht die vermeintlichen Entführer gesucht wurden, sondern die Person, die die Polizei angerufen hatte. Es war mir sehr peinlich.

Beim Paar handelte es sich um die Schwester von Sylvie und ihren Mann. Die beiden sind die Eltern von Charles-Yves und der Junge ist der Enkel des Pensionärs. Dieser erklärte mir später persönlich, dass die Schwester seiner Frau mit seinem Sohn zusammen sei und dass diese ungewöhnliche Familienkonstellation ein gefundenes Fressen für die Medien wäre. Er betonte, wie toll er es finde, dass es so wache Zeitgenossen wie mich gebe, und kam dann zum geschäftlichen Teil. Ich unterschrieb noch einen Vertrag. Über eine noch größere Summe. Und wieder ging es ums Schweigen.

Ich reiste noch am Freitagabend ab. Mein Zimmer konnte ich nun problemlos bezahlen und niemand bestand auf meine Lesung am Samstag.

Ich mietete eine ruhige Wohnung und hatte nach einem halben Jahr die Geschichte für meine Bestseller-Trilogie im Kopf. Auch die Niederschrift ging flott. Das Schloss, in der die einflussreiche Familie wohnt, die ich in meinen Büchern be-

schreibe, ist dem Hotel am Vierwaldstättersee nach-
empfunden. Das Zimmermädchen, das am Anfang
der Story die junge Hausherrin ermordet, habe
ich sozusagen aus dem Hotel mitgenommen, genau wie die Familienverhältnisse der Maggenbergers. Der Rest ist die Geschichte, die es in drei
Bänden gibt und «Die Dynastie» heißt. Ich habe
viel preisgegeben, nur nicht den richtigen Namen
der Maggenbergers, aber vielleicht wissen Sie ja,
welche vermögende Familie ich meine.
Dank meinem großen Erfolg werde ich nun von
den besten Hotels gebeten, meine Schreibaufenthalte bei ihnen zu verbringen. Aber ich gehe nur
in die Lenzerheide, denn ich habe das Gefühl, dass
im Hotel Schweizerhof bald die Geschichte passieren wird, die mir die Grundlage für meinen
nächsten Bestseller liefert.

Tanja Kummer
lebt als Autorin und Spoken-Word-Künstlerin in
Winterthur.
Zum Entdecken: «Platzen vor Glück», Kurzgeschichten.

Pedro Lenz
Ouge

Denn hani imne Hotel Zmorge gno,
irgendwo im Öschtriichische.

Si het so grossi Ouge gha,
sehr grossi, wunderschöni Ouge,
zersch hani nume di Ouge gseh,
Ouge, wo eim zwinge härezluege,
Ouge, wo eim mache z tröime,
grossi, dunkli, liebi, töifi Ouge.

De het si mi fründlech gfrogt,
ob i Tee nähm oder Kafi.
Ha grad nid chönnen antworte,
wöu i nume di Ougen aagluegt ha,
numen immer di Ouge gseh ha,
di unwahrschiinlechen Ouge.
Ha öppis gstaggelet und gseit,
es sig mer fasch chli gliich.

Aber si hets genauer wöue wüsse,
het no angeri Gescht müesse froge,

het nid ewig Zit gha und ig,
i ha di Ougen aagluegt und gseit,
i däm Fau es Tee, und das,
obwou dass i nie es Tee nime,
ussert i sig chrank, aber
si het mi tatsächlech
chli chrank gmacht
mit dene riisegrossen Ouge.

Und de bringt si das Tee und
seit «Zum Wohl, der Herr» und
luegt mi wider so aa, eso,
dass i chuum ha chönne Danke säge,
aber gliichzitig hets mi gröit,
dass i kes Kafi ha bstöut gha,
wöu am Morge nimeni süsch Kafi,
und Tee nimeni wi gseit
numen im Notfau und no denn nid gärn.

Und klar isch das e Notfau gsi,
ha mi Tee sehr schnäu trunke,
zum ihre winken und säge,
i nuhm, wenn si wöu so guet si,
jetz gliich no nes Kafi, bitte sehr.

Aber wo si nööcher chunnt und
mit dene Riisenouge häreluegt,
gseht si ds lääre Teechänndli

und ihri Ouge si so riisig gsi
und so ungloublech schön
und si nickt und seit nüt
und scho bringt si mer nöie Tee.

I ha wider vüu, vüu Tee trunke
und ha wider ddänkt, wi guet,
wi gottvergässe gründlech guet,
dass mer jetz es Kafi würd tue,
wöu öppis Wunderbarers
aus schwarze Kafi trinke
und derzue di Ougen aaluege
vo dere Chäunerin,
öppis Wunderbarers chani mer
bim beschte Wüue nid vorstöue.

Und wo si ds dritte Mou
zu mir a Tisch chunnt
und wo si ganz nätt frogt,
ob i aus heig, woni bruuche,
chani wider nüt säge.

Cha nume wider luege,
luegen ihri Ougen aa und brümele,
i nähm no, wenn si wöu so guet si,
auso de nähmi jetze doch no,
aber i ha wider ds Wort
nid richtig usebrocht und si,

si isch scho wäggloufe
und bringt mer es dritts Chänndli Tee
und ig, i hätt afe langsam
oder ender scho fasch dringend
uf d Toilette müesse.

Aber i ha mi nid getrout,
wöu is vüu z banau ha gfunge,
di Frou mit de grossen Ouge z froge,
woni düre müess für uf ds WC,
und i ha mer überleit,
dass weni nächär
wider kes rächts Wort usebringe,
dass si de vilecht zletscht meint,
i wöu nomou es Chänndli Tee,
auso sägeni gschider gar nüt
und verchlemme mers.

Und de steit si scho wider do,
luegt mi aa
mit dene grossen Ougen und frogt,
ob öppis nid guet sig,
wöu i ke Tee meh trinke,
und ig, i säge nei, merci,
es sig aus guet, sehr guet,
und luegen ihri grosse,
dunkle, schönen Ougen aa.

De sigs jo guet,
seit si und lächlet.

Und ig, i cha nid zrügglächle,
wöu i mini Blose i däm Moment
unmöglech cha entspanne.

Aber i gseh di Ougen und dänke,
dass ig i mim ganze Läbe
no nie so schöni Ouge ha gseh
und dass i Luscht hätt uf nes Kafi,
eifach numen es schwarzes Kafi,
aber dass i zersch no ganz dringend
schnäu uf d Toilette müesst
und dass es ungloublech isch,
wi ne Frou söttigi Ouge cha ha,
und dass i gar nid Zit ha
zum söfu lang Zmorgen äsle,
wöu glii mi Zug fahrt,
und dass mer di Ouge jetz,
woni so dringend müesst,
ou nid witerhäufe.

Auso hani gwartet,
bis i di Chäunere nümm ha gseh,
de bini ggange,
schnäu und diskret,
zersch sofort uf ds WC

und de uf d Reception
und de a Bahnhof
und sithär
ha se nie meh gseh,
hani nie meh
söttigi Ouge gseh
wi denn dörte
i däm Hotel z Öschtriich
i däm chliine Spiissaau.

Aus: Pedro Lenz, Liebesgschichte. ©2012 Cosmos Verlag, Muri bei Bern

Pedro Lenz lebt als Schriftsteller in Olten.
Zum Entdecken: «I bi meh aus eine», Roman.

Sandra Lüpkes und Jürgen Kehrer
Mord am Ostersonntag

Ostern ist früh in diesem Jahr. So früh, dass die Pisten allmorgendlich unter weißen Massen begraben liegen und die Feiertagsgäste – anders als sonst – über zu viel statt zu wenig Schnee klagen. In der Nacht ist eine Lawine bei Churwalden heruntergekommen, die Straße nach Lenzerheide wird bis Mittag nicht passierbar sein. Doch das stört niemanden. Noch nicht. Noch schlafen die meisten Menschen in dem kleinen Ort, der 1473 Meter über dem Meeresspiegel liegt und in dem das ganze Jahr über eigentlich nichts furchtbar Aufregendes passiert. Nur Ostern ist es anders. Ostern passieren hier die schlimmsten Verbrechen.

Fahl fällt das Morgenlicht durch die gläserne Wand des Activity-Raums, bescheint die tote Frau, die seltsam verrenkt auf dem dunklen Parkett liegt und keine Unbekannte ist: Sarah Wollinger, Zweitplatzierte beim diesjährigen Weltcuprennen im Riesenslalom und Stammgast im Hotel Schweizerhof. Offensichtlich erschlagen. Aber warum? Und von wem?

Die Kantonspolizei in Chur muss passen, die Lawine macht die Anreise zum Tatort unmöglich. Also obliegt es den Hoteldetektiven, den grausamen Mord aufzuklären. Das Hotel leistet sich seit Jahren aufgrund der hohen Kriminalitätsrate an den Ostertagen ein eigenes Detektivbüro, in dem ein hochprofessionelles Team tätig ist. An diesem Ostersonntag sind zehn Ermittler hochmotiviert, den Fall der toten Sportlerin aufzuklären.

Protokoll Ostersonntag 7 Uhr

Opfer: Sarah Wollinger, 20 Jahre, in Sportbekleidung, große Wunde am Hinterkopf, auf dem Boden liegend

Zeugin: Lisa Wollinger, 23 Jahre, die Schwester des Opfers, hat die Tote heute Morgen gefunden

Spur 1: Blutspuren an einer Hantel, die in der Nähe des Opfers liegt
Spur 2: Blutspuren an der Türklinke
Spur 3: Schuhspuren im Schnee vor dem Fenster (grobes Muster, etwa Schuhgröße 43)

Spur 4: Sporttasche der Ermordeten, darin neben einem Handtuch auch noch

Spur 5: Ein Zeitungsausschnitt über das Weltcuprennen, bei dem Sarah Wollinger den zweiten Platz im Riesenslalom belegt hat, schneller war nur Janine Bockenhauser, die ebenfalls für den Skiverband Chur fährt

Spur 6: Eine Ansichtskarte vom Schweizerhof, adressiert an Peter und Sabine Wollinger in Chur, geschrieben von Sarah Wollinger. Text:

Liebe Mutti, lieber Vati! Schön ist es hier im Schweizerhof, wo Lisa und ich nach dem anstrengenden Wettkampf ein paar Tage ausspannen. Ich trainiere jeden Morgen. Leider nervt mein liebes Schwesterlein, wir zanken viel, aber das kennt ihr ja von uns…

Küsschen, eure Sarah.

Die Detektive sichern die Beweise und machen sogleich eine DNA-Analyse der Blutspuren, leider müssen sie sich mit der Auswertung noch ein wenig gedulden, das kriminaltechnische Labor im Schweizerhof arbeitet ein bisschen langsamer.

In der Zwischenzeit wird die Schwester der Toten zum Verhör geladen. Lisa Wollinger ist im Vergleich zu ihrer Schwester etwas pummelig und unscheinbar – und scheint über den Mord seltsamerweise wenig erschüttert zu sein.

Verhörprotokoll Lisa Wollinger,
Ostersonntag 8 Uhr

Detektive: Aus einer Postkarte an Ihre Eltern geht
hervor, dass Sie sich mit Ihrer Schwester gestritten
haben. Stimmt das?
Lisa W.: Ja. Aber Schwestern zoffen sich immer
mal, das ist doch völlig normal.
Detektive: Worum ging es denn in Ihrem Fall?
Lisa W.: Ich war ein bisschen neidisch, weil Sarah
so erfolgreich war.
Detektive: Ein bisschen?
Lisa W.: Okay, wenn ich ehrlich bin: ein bisschen
mehr. Immer hat sich alles nur um meine kleine
Schwester gedreht, mich hat niemand beachtet.
Aber deswegen begehe ich doch keinen Mord!
Detektive: Haben Sie eine Idee, wer Ihre Schwes-
ter erschlagen haben könnte?
Lisa W.: Ja, da fällt mir jemand ein. Da ist so ein
Typ, der war immer hinter Sarah her, ein echter
Stalker, dauernd hat er sie beobachtet. Richtig
gruselig!

Mithilfe der Schwester fertigen die Detektive ein
Phantombild an, der vermeintliche Stalker soll ca.
180 cm groß und schlank sein, rötliche Haare und
braune Augen haben, einen grünen Pullover und
blaue Jeans mit Wanderschuhen tragen – die Be-

schreibung reicht aus, keine halbe Stunde später haben die Ermittler den gesuchten Mann entdeckt, er sitzt in der Raucherbar und liest den «Blick», sein Name ist Mario Vanello. Nur widerwillig folgt er den Ermittlern in das Detektivbüro. Dort werden seine Schuhe genauer unter die Lupe genommen, das Sohlenprofil (grob gemustert, Schuhgröße 43) entspricht den Abdrücken vor dem Fenster. Da es in der Nacht geschneit hat, müssen diese Spuren vom heutigen Morgen stammen.

Verhörprotokoll Mario Vanello,
Ostersonntag 9 Uhr

Detektive: Sie haben heute Morgen draußen vor dem Activity-Raum gestanden. Was haben Sie dort gemacht?
Mario V.: Ich? Naja, okay, ich habe die Sarah beim morgendlichen Training beobachtet. Ich bewundere diese Frau, wirklich. Warum fragen Sie?
Detektive: Weil Sarah heute Morgen mit einer Hantel erschlagen wurde.
Mario V.: Wirklich? Das ist ja schrecklich! Ich… ich habe da auch etwas mitbekommen. Es gab einen Streit.
Detektive: Zwischen den Schwestern?

Mario V.: Nein. Eine zweite Sportlerin hat dort ebenfalls trainiert. Janine Bockenhauser, Sarahs Teamkollegin, die den Weltcup gewonnen hat, war auch da. Und die beiden haben lautstark gestritten.
Detektive: Haben Sie verstanden, worum es ging?
Mario V.: Leider nicht. Ich stand draußen. Der Schneesturm wehte durch den Hof. Da habe ich kein Wort mitbekommen.

An der Rezeption erfahren die Detektive, dass die Weltcup-Siegerin Janine Bockenhauser tatsächlich Gast im Hotel ist und eine Alpenchic-Suite gebucht hat. Die Sportlerin kommt gern ins Detektivbüro, sie will alles dafür tun, damit der Mord an ihrer Kollegin möglichst bald aufgeklärt wird, und stellt sich ohne Zögern dem Verhör.

Verhörprotokoll Janine Bockenhauser, Ostersonntag 10 Uhr

Detektive: Worum ging es in Ihrem Streit heute Morgen?
Janine B.: Wir haben uns gar nicht gestritten. Wir haben nur Spaß miteinander gehabt. Das muss der Zeuge falsch mitbekommen haben *(die Zeugin holt ein Medikament aus ihrer Tasche und nimmt ein paar Tropfen)*. Entschuldigen Sie, das Ganze nimmt mich sehr mit. Sarah und ich waren so gute Freundin-

nen. Wir kennen uns seit Jahren vom Training.
Detektive: Waren Sie auch Konkurrentinnen?
Janine B.: Na, ein bisschen schon. Vielleicht hat
Sarah mich ja beneidet, schließlich habe ich den
Weltcup gewonnen. Aber gesagt hat sie nichts der-
gleichen.

Inzwischen liegen die ersten Ergebnisse der
DNA-Analyse vor, das detailliertere Gutachten
folgt in wenigen Minuten. Die Detektive sind erstaunt, denn die Blutspuren auf der Hantel - welches auch dem Blut des Opfers entspricht – und
auf der Türklinke sind nicht identisch. Demnach
muss Letzteres vom Täter stammen. Alle drei Tat-
verdächtigen müssen sich einer körperlichen Un-
tersuchung unterziehen.

Untersuchungsergebnis Ostersonntag 11 Uhr

Lisa W.: Eine Schnittwunde am linken Zeigefinger, angeblich beim Apfelschneiden zugezogen.
Mario V.: Keine Verletzung erkennbar.
Janine B.: Eine Verletzung am Unterarm, angeblich beim Sport zugezogen.

Die Tatverdächtige Janine B. muss auf die Toilette
und vergisst, ihre Handtasche mitzunehmen. Auch
wenn es sich eigentlich nicht gehört, können die
Detektive nicht widerstehen und suchen nach dem

Medikament, welches die Tatverdächtige während des Verhörs eingenommen hat.

Durchsuchungsergebnis Ostersonntag 12 Uhr

Stanozolol, synthetisches anaboles Steroid, abgeleitet von Testosteron, Dopingmittel zum Muskelaufbau, laut Arzneimittelgesetz verboten

Nun ist den Detektiven natürlich klar, wer den Mord an Sarah Wollinger begangen hat, und auch warum. Die detaillierte DNA-Analyse bestätigt die Theorie und als die Kantonspolizei Chur kurz nach Mittag endlich im Hotel Schweizerhof ankommt, können die Handschellen zuschnappen. Sind Sie genau so schlau wie die Detektive im Schweizerhof? Wissen Sie, was geschehen ist?

Abschlussprotokoll Ostersonntag 13 Uhr

Die detaillierte DNA-Analyse ergibt, dass das Blut an der Türklinke von einer Frau stammt. Somit kommt der Stalker Mario Vanello als Täter nicht infrage. Des Weiteren besteht zwischen den beiden Blutproben von Opfer und Täter keine Verwandtschaft. Nun ist auch Lisa als Schwester unverdächtig. Doch die Detektive wussten ohnehin bereits, dass Janine Bockenhauser die Mörderin ist. Zumindest hatte sie ein handfestes Motiv: Sie war bei ihrem Weltcupsieg gedopt, das verbotene Mittel lag in ihrer Handtasche. Wahrscheinlich ist ihre Kollegin und Konkurrentin Sarah Wollinger an diesem Morgen beim Training hinter das verbotene Erfolgsgeheimnis der siegreichen Skiläuferin gekommen und hat damit gedroht, die Entdeckung öffentlich zu machen. Nicht zuletzt, weil sie nach einer Disqualifizierung Bockenhausers dann selbst auf den ersten Platz nachgerückt wäre. Um die Entdeckung zu verhindern, hat Janine Bockenhauser die Hantel genommen und Sarah Wollinger im Affekt erschlagen.

Sie wollen wissen, wie viele Jahre die Mörderin hinter Gitter gehen muss? Kein einziges! Denn natürlich sind alle Personen und Begebenheiten in dieser Geschichte frei erfunden. Pardon, fast alle: Die Hoteldetektive gibt es wirklich. Jedes Jahr eröffnen sie im Schweizerhof über die Osterfeiertage ihr Ermittlungsbüro und jagen Heiratsschwindler, Versicherungsbetrüger, Erpresser, Ehebrecher und Kidnapper. Keiner ist ihnen bislang durch die Lappen gegangen.

Sandra Lüpkes und Jürgen Kehrer leben als
Roman- und Drehbuchschreibende in Münster (D).
Sie ermitteln jeweils über Ostern mit Kindern,
Jugendlichen – aber zunehmend auch mit Großen –
quer durchs Hotel nach Spuren, die zum Verhängnis
werden ...
Zum Entdecken: «Taubenkrieg», Kriminalroman
von Sandra Lüpkes, und «Die Toten lässt man ruhen»,
ein Wilsberg-Krimi von Jürgen Kehrer.

Jörg Meier
Der Steinpilz

Wir hatten noch kein Auto. Es war mein Onkel,
der uns mit dem schwarzen Mercedes auf die Lenzerheide chauffierte. Mir schien die Reise lang
und gefährlich und mein Onkel war ein Held.
Nach der großen Fahrt legte er sich in der Ferienwohnung auf das mit einem Leintuch geschütz-
te Sofa und schlief eine Stunde. Wir Kinder ver-
harrten in andächtiger Ruhe, bis ihn meine Mutter weckte. Mein Onkel trank einen schwarzen
Kaffee und ein Bier. Dann verließ er uns und fuhr
zurück ins ferne Unterland. Wir winkten ihm
nach und ich dachte, so einer möchte ich auch mal
werden, einer, der mit dem Auto auf die Berge
fahren kann. Mein Bruder behauptete zwar, das sei
keine Kunst, das könnte er auch, wenn man ihn
nur ließe. Ich wusste nicht, ob ich ihm glauben
sollte.

In unserer Ferienwohnung war alles aus Holz: der
Boden, die Wände, die Decke, die Türen, die Möbel. Mein Bruder sagte, Wohnungen in Holzhäu-
sern seien billiger als Ferienwohnungen in richti-

gen Häusern. Wir könnten uns halt keine richtige Ferienwohnung leisten. Ich war trotzdem glücklich. Besonders gefiel es mir auf der Laube, von der aus man direkt auf den Palast mit den vielen Holzbalkonen sehen konnte. Mächtig und prächtig thronte das steinerne Gebäude in der Landschaft. Besonderen Eindruck machte mir die Schweizer Fahne zwischen der Turmspitze und dem Himmel.

Ich fragte meinen Vater, wer in diesem Palast wohne. Das sei kein Palast, erklärte mir der Vater, das sei das Gramhotel. Ich wollte wissen, was ein Gramhotel sei. Das sei ein Haus, so schön wie ein Palast, wo reiche Leute Ferien machen und sich um nichts kümmern müssen. «Sie müssen nicht kochen, kein Geschirr abwaschen, niemals ihr Zimmer aufräumen und sogar das Bett wird ihnen gemacht», sagte mein Vater. Das gefiel mir. Und ich beschloss, falls ich einmal in meinem Leben reich werden sollte, dann würde ich mich im Gramhotel verwöhnen lassen.

Auch mein Bruder interessierte sich sehr für das Gramhotel. Allerdings ganz anders als ich. Beinahe wäre es ihm sogar gelungen, dem Gramhotel den größten Steinpilz zu verkaufen, der je auf der Lenzerheide gefunden worden ist.

Das kam so: Wenn mein Bruder und ich unter uns waren, verwandelten wir uns in die unbesiegbaren

Hulledas und Loll. Er war Hulledas und ich Loll. Wir waren klug, stark, mutig und überaus beliebt in unserer geheimen Welt. Wobei Hulledas der Anführer war und Loll sein Assistent und Rucksackträger. Hulledas und Loll erforschten und entdeckten gemeinsam die Lenzerheide. Sie stauten den Bach, spielten auf dem weichen Waldboden mit den Indianern, die es in der Bäckerei als Zugabe zum morgendlichen Brotkauf gab; sie streiften über Wiesen und Weiden, kletterten kühn auf Felsen und sie nahmen den Geruch der Lärchen auf, der sie ein Leben lang nicht mehr vergessen ließ, wie Lenzerheide riecht. Unvermeidlich endete jede Expedition vor dem Gramhotel, das die beiden magisch anzog.

Hulledas war frecher als Loll. Er ging ja auch schon in die vierte Klasse. Loll hatte dafür schon «Winnetou I» und den «Schatz im Silbersee» gelesen.

Sie schlichen sich zum Gramhotel und beobachteten die Reichen, wie sie die Ferien genossen. Loll wunderte sich, dass viele Reiche nur mittel zufrieden aussahen. Er stellte sich vor, wenn er im Gramhotel leben dürfte, dann wäre er immer fröhlich.

Dann entdeckten sie die Unreichen. Sie waren kaum sichtbar. Doch als Loll genauer hinsah, schien ihm, es gebe im Gramhotel deutlich mehr

Unreiche als Reiche. Damit sie nicht auffielen, trugen manche der Unreichen Uniformen. Die Unreichen mussten dafür sorgen, dass sich die Reichen wohlfühlten. Die Unreichen servierten, trugen Koffer, mähten den Rasen oder standen in der Küche, in die Hulledas und Loll guten Einblick hatten, wenn sie sich von hinten dem Palast näherten. Dort war Hulledas' Lieblingsort: das steile Wiesenbord, von dem aus man direkt in die große Küche sah, die sich im Soussol des Palastes befand. Hulledas saß da oft vor dem Abendessen und schaute zu, wie die vielen Unreichen mit und ohne weiße Mütze für die Reichen wunderbare Speisen zubereiteten.

Ein Koch, nennen wir ihn Luigi, denn er kam wohl aus Italien, sah die beiden Buben, die im Wiesenbord saßen und in die Küche staunten. Er winkte ihnen durchs Fenster zu. Hulledas winkte zurück und nahm das als Einladung. Er eilte zu Luigi, der das hohe Fenster öffnete. Die beiden kamen sofort ins Gespräch. Loll hörte Luigi lachen. Er hätte gerne gewusst, was die beiden redeten. Er war aber in der Wiese geblieben, weil er nicht so mutig war wie Hulledas. Hulledas kam triumphierend zurück und brachte zwei Cremeschnitten mit. Hulledas und Loll hatten jetzt einen neuen Freund: Luigi. Und Hulledas wollte jetzt nicht mehr Milchmann werden, sondern Koch.

Hulledas fand den Steinpilz auf der Wanderung zum Wasserfall. Wahrscheinlich war es ein Zufall. Auch wenn er stets behauptete, er könne Steinpilze riechen. Jedenfalls entdeckte er im lichten Tannenwald einen Steinpilz von gewaltiger Größe; ein Wunder von einem Pilz.

Hulledas erklärte, das sei mit Sicherheit der größte und beste Steinpilz, der je auf der Lenzerheide gewachsen sei. Und er wusste auch sofort, wohin der Wundersteinpilz gehörte: zu seinem Freund Luigi ins Gramhotel. Luigi würde aus dem Pilz ein wunderbares Nachtessen für alle Gäste zubereiten. Hulledas und Loll eilten zum Gramhotel, rutschten über das Bord. Hulledas hielt den kostbaren Pilz sorgfältig in den Händen und Loll pöpperlete ans Küchenfenster.

Luigi war noch nicht da. Hulledas präsentierte einem Koch ohne Mütze den Wunderpilz. Er erklärte dem Koch, dass Luigi daraus ein feines Nachtessen für alle Gäste kochen sollte und dass er – Hulledas – bitte 2 Franken 50 für den Pilz möchte.

Der Koch ohne Mütze schien ratlos, zuckte mit den Schultern, dann sagte er, er gebe den Steinpilz Luigi und richte ihm alles aus, und wegen dem Geld sollten sie morgen wieder vorbeikommen. Hulledas war stolz auf den gelungenen Pilzverkauf und Loll auf seinen Bruder.

Am andern Morgen, als Hulledas und Loll mit dem Vater unterwegs zur Bäckerei waren, um frisches Brot und den Indianerhäuptling zu kaufen, kam ihnen ein Unreicher aus dem Gramhotel entgegen. Er trug in jeder Hand einen Eimer, gefüllt mit Küchenabfällen. Im Eimer, den er rechts trug, lag zuoberst ein riesiger Pilz. Hulledas erkannte seinen Steinpilz sofort. Er war geschrumpft und hatte sich gelblich verfärbt.

Hulledas biss sich auf die Lippen und senkte den Blick. Der Vater merkte nichts. Denn er war gerade dabei, den beiden Buben zu erklären, man sage nicht Gramhotel, sondern es heiße richtig Grandhotel. Das sei drum französisch und bedeute großes, vornehmes Hotel.

Hulledas und Loll hörten nicht zu.

Im richtigen Leben wurde Hulledas nicht Koch und ich nicht reich.

Jörg Meier lebt als Kolumnist und Autor in Wohlen.
Zum Entdecken: «Als Johnny Cash nach Wohlen kam»,
Kurzgeschichten.

Hanspeter Müller-Drossaart
the monster of loch hyde
(ds Ughüür vom Heid-See)

Hätte Sir Pheamus Duncan, seines Zeichens Bio-
logieprofessor an der Universität im schottischen
Inverness, auch nur im Entferntesten geahnt,
welch großartige Entdeckung er in den nächsten
Tagen auf der Lenzerheide machen würde, hätte
er seine Reise in die helvetische Herkunftsregion
seiner Urgroßmutter Chiara Valbella sicher früher
angetreten.

In zärtlicher Kindheitserinnerung an ihre mit
plastischer Gestik und in brüchigem Englisch (sie
war einst als Au-pair-Mädchen in Glasgow lieben-
derweise hängen geblieben!) vorgetragenen Bündner Sagen und Geschichten mit Kobolden, Berg-
Drachen und Schnee-Jungfrauen, und nicht zuletzt wegen ihrer selbstgebackenen Heimat-Spezi-
alität Torta da nuotg, hatte Sir Pheamus Duncan
(wir wollen ihn künftig der Kürze halber SPD
nennen) seine Flugangst für einmal überwunden
und war frühzeitig dem Edinburgh'schen Mor-

gennebel über die Wolken Richtung Schweiz ent-
flohen.

Leicht erbleicht, aber mit gefasster Miene, wie es
sich für einen zurückhaltenden Schotten selbstre-
dend gehört, hatte SPD in Zürich Kloten seinen
sozusagen Lebenspartner aus der Transport-Box
erlöst und war mit ihm zu Füßen vorerst per ICE,
dann im Pendulin Grischun in die bündnerische
Metropole Chur gereist, um anschließend in einer
kurvenfreudigen Postauto-Fahrt seine leider wie-
derkehrende Übelkeit in heftiger Steigerung zu
erleben.

In Lenzerheide angekommen und aus dem Bus
mehr gestolpert als ausgestiegen, standen nun
sechs zittrige schottische Beine im Diesel-Dunst
der wegfahrenden Post-Karosse und versuchten
dennoch einerseits mit tiefen Zügen und anderer-
seits erwartungsfroh hechelnd die erfrischende
Bergluft einzuatmen.

Vor sich, direkt an der Haltestelle eine modern
wirkende, imposante und doch einladende, mit
sonnengebräuntem Holz durchsetzte architekto-
nische Häuslichkeit vor Augen, gewann SPD
langsam wieder seine Zuversicht im Magen und
beschloss, nicht zuletzt wegen des burgartigen
älteren Gebäudeteils, der ihn an Stirling Castle
erinnerte, diesen schlossartigen Komplex genauer
unter die Lupe zu nehmen. Als aber die sportliche

Wirtin mit einem freundlichen Bun Di! ihr Schnee-
schaufeln unterbrach und die beiden fremdländi-
schen Persönlichkeiten, jede auf die ihr zustehen-
de Art und angenehmst willkommen hieß, war's
im Nu geklärt. SPD betrat würdevoll die Hotel-
Lobby und erkürte den Schweizerhof zu seinem
winterlichen home auf Zeit.

Nach einer wundervoll entspannten Nacht saßen
die beiden schottischen Gäste, wobei der eine ziemlich unbritisch schlappernd vor seinem Fressnapf
kauerte, in ihrer besonders zugeteilten Animal-
Suite beim klassischen Highlander-Breakfast:
Haggis! Ein Nationalgericht, welches unbedingt
der detaillierteren Erläuterung bedürfte.

Aber bei dieser Gelegenheit gilt es vorerst, endlich
SPD's vierbeinigen Partner SirVincent Pipesmoke
der geneigten Leserschaft gebührend vorzustellen:
Ursprünglich schlichtVincent benannt, war dieses
herausragende Exemplar hündischer Rassen-Viel-
falt durch seine schnüfflerischen Begabungen zu
seinen erweiterten Titeln gekommen.

Als nämlich SPD's langjähriger Poker-Partner Lord
John Lewis Kirkcudbright, vermögender Besitzer
von Cawdor Castle (unweit von Loch Mullardoch),
am letztjährigen Tattoo auf dem Edinburgh Castle
zur vereinbarten Zeit nicht wie gewohnt im Cock-
burns-Pub erschien, gelang es FellohrVincent mit
seiner Schnüffelnase den wohlbeleibten Lord in-

mitten der aufgewühlten Menschenmasse von Dudelsack-Afficionados allein aufgrund des Tabakrauches seiner einmaligen Scottish Blend ausfindig zu machen. Mit innigem Schulterklopfen und einigen Pints wurde das freudige Wiedersehen gefeiert, der brave vierbeinige Lord-Finder in den hündischen Adelsstand erhoben und mit unzähligen Gläsern Macallan Single Malt in einer längeren Feier auf den Namen Herr Vincent Pfeifenrauch getauft.

So viel zu SPD's treuer Begleiterscheinung, Sir Vincent Pipesmoke, welchen wir auch der Kürze halber fortan SVP nennen wollen.

Nach dem Verzehr der im eigens mitgebrachten Teekocher erwärmten Convenience-Haggis-Beutel, wobei SPD die vegetarische Variante vorgezogen und SVP die Sorte mit dem kräftig duftenden Schafs-Gekröse verschlungen hatte, zogen die beiden ungleichen Sirs nun wohlgenährt in die winterliche Landschaft hinaus, um die urgroßmütterliche Heimat Valbella City zu erforschen.

Doch plötzlich, auf der Höhe des Heidsee-Dammes, wo das unter der Schnee- und Eisdecke befindliche Wasser am Überlauf in die untere Seehälfte abfließt, stemmte SVP seine Vorderläufe in den Boden und knurrte mit fauchender Kehle und hochgezogenen Lefzen dem Wasserlauf entgegen, indem er abwechselnd mit hoch erhobener

Schnauze rasend witternd die hier übelst stinken-
den Düfte einsog und die unsichtbare Bedrohlich-
keit anbellte.

SPD hatte SVP bisher nur einmal so kreatürlich
erschreckt gesehen: vergangenen Herbst am Loch
Ness! Und auch da, wo seit Jahrtausenden das be-
rühmteste Ungeheuer der Welt lauert, hatten genau diese beißenden Miasmen in der Luft gewa-
bert! SPD, einer investigativen Ohn-Macht nahe,
zerrte SVP an der Leine Richtung Schweizerhof,
um seinen Duftsammler-Koffer zu holen. Er wird
hier am Heid-See Duftproben entnehmen, morgen schnellstmöglich nach Inverness zurückkeh-
ren und sie mit denen vom Loch Ness vergleichen.
SPD ahnte seine gloriose Zukunft! Er war der
Entdecker vom Monster of Loch Hyde!

Bis SPD und SVP wieder zurückgekehrt sind und
das Geheimnis aufgeklärt haben werden, kann die
geneigte Leserin und der geneigte Leser jeden
Winter, gerade bei schönem Wetter, an besagter
Stelle die betörenden Düfte riechen.

Hanspeter Müller-Drossaart
lebt als Schauspieler und Kabarettist in Dietikon.
Zum Entdecken: «Grounding», Spielfilm 2006.

Achim Parterre
Arvenholz

Es isch am Erwin si Troum gsi, einisch es eigets
Hotel z füere. Es grosses Huus, e Burg wi ds Palace
Gstaad, es Schloss wi ds Gütsch Luzärn, es Huus
für erholigsbedürftigi Guetbetuechti, e Rückzugs-
ort für di erschöpfti Oberklass, für Lüt, wo d
Kreditcharte locker im Portemonnaie u gäng es
Nötli ir Hang hei, we ne ds Personal d Tür ufhäbt
oder e Wandertipp git. Es Huus für Lüt, wo kes
schlächts Gwüsse müesse ha, we si zum Zmittag e
Fläsche Burgunder bsteue, für Lüt wo das verdient
hei. Es Huus für Lüt, wo Kaviar nid nume vom
Ghöresäge kenne, Jeans hingäge für nes Grücht
haute. Es Huus mit Seesicht, Färnsicht, Bärgsicht,
Ussicht bis zum Piz Palü, het der Erwin dänkt u
är luegt zum Fänschter vo sim Büro us, bscheide
isch es, sis Büro, der Platz ghört de Gescht u är
gseht d Kameuhaarmäntle ii- und usgöh u gseht
sini Stammchunde im Jaguar härefahre. U der
Erwin, Herr über zwöihundert Zimmer, über
füfhundert Agsteuti u zwänzgtuusig Fläsche Wii,
kennt aui: Herr und Frou de Kalbermatten, d Witt-

we Germann geborene Castell zu Waldhäusern u d Fiodorowskys u d Garibaldis, aute Adel, Gäud us Tradition u die verpflichtet, die Tradition, zum Usgää, zum sparsamen Usgää zwar, aber doch zum Usgää. Är kennt sen aui, der Ewin u aui kenne ihn, u chlopfen em zur Begrüessig jovial uf d Schultere oder häbe ne fründschaftlech am Oberarm. Der von Escher sig Grossvatter worde, der Erwin gratuliert, e Bueb, grossartig, d Nachfoug sig i däm Fau greglet u öb er es Glas Champagner dörf si. Gäng ufmerksam, gäng parat, gäng d Ougen u d Ohren offe für sini Gescht.

U natürlech der Spaberiich: E Wellnessplanet mit Hotstone, Hamam, Sauna, Lomi Lomi. Aromabad, Entspannigsbad, Entschlackigsbad un es Thermal-Schwäfu-Mineral-Wäue-Sauzsole-Massagedüse-Gägestrombecki. U Pianobar u Cigarlounge u Arvestube, d Arvestube, ds Härzstück vom Huus, het der Erwin gseit, Hort vo Gmüetlechkeit u Gnuss, ds kulinarische Epizäntrum, der lukullische Schmeuzhafe, der e Sinnlechkeitsuterus zmitts im Duft vo den ewig usdämpfende Öl vom Zirbuhouz.

Ir Hotelfachschueu z Luzärn het sech der Erwin de i d Silvia verliebt, e Hoteliertochter vo Alvaneu, e schlächti Partie sig das nid, het der Erwin dänkt u ds Hotel Tinzehorn sig zwar nid ds Waldhuus Sils-Maria, aber immerhin sigs es Hotel, zwar numen es Garni u ohni Spa u Ussicht het me vom Tinzehorn o keni gha, derfür fliessend Chaut- u Warmwasser un e Gaschtstube, wo mit Fichtetäfer usgschlagen isch gsi. Aber lue, het der Erwin gseit, chasch nid aues ha, muesch mängisch ungen afaa, ds Läbe macht der keni Gschänk u söusch nid nach de Stärne griife u irgendwenn geits ufwärts u i d Silvia isch er würklech richtig verliebt gsi, das müess es Zeiche si, u i paarne Jahr, wär weiss, chönnte si vilech es Guesthouse z Thailand uftue u der ganz Tag Sunne, Meer u Palme ohne Ende gniesse.

Der Abschluss ar Hotelfachschueu het der Erwin aber nid gschafft u d Silvia het de der Chrischte ghürate u es söu ihm niemer verzeue, dass das Liebi sig, so öppis gspüri är, die heig dä Chrischte nume ghürate, weu er glehrte Choch sig u der Erwin het ds Chur ir Trube e Steu gfunge aus Barkeeper, het dänkt, o hie heigs zwar ke Arvestube, derfür e Dartschibe u dass d Trube ersch am Aabe am sächsi uftaa het, sig für ihn aus Nachtmönsch sogar e Vorteil. Nume chli meh Ussicht, eifach chli meh Ussicht hätt er sech gwünscht, wenn er nach sire Schicht uf ds Bett glägen isch u ds Poster vom Paumestrand vo Thailand agluegt het.

März 2014

*Achim Parterre lebt als Schriftsteller und
Spoken-Word-Künstler in Langnau im Emmental.
Zum Entdecken: «Tschüss zäme! Ein Dorfkrimi»,
Hörbuch, 2 CDs.*

Sabine Reber
Der Pantoffelheld

Dicht gestochen fügten sich Hunderte minutiöser Stiche zu verschnörkelten Initialen, die nicht zu seinem Namen passen wollten, ein M oder W, und ein so stark verziertes P, dass es auch ein S hätte sein können, von der Seite gesehen am Ende gar ein N. Paul Perrot hatte noch nie über die tiefere Bedeutung der Stickerei auf seinen Pantoffeln nachgedacht, aber wie ihm die Buchstaben nun von der Vergrößerung entgegensprangen, konnte er der Frage nach ihrer Bedeutung schwerlich ausweichen. Über den rätselhaften Initialen erhob sich eine stilisierte Krone, bei genauerem Betrachten schien sie ihm ein zweifellos viktorianisches Emblem darzustellen. Der Samt wirkte auf dem Foto fadenscheinig und stellenweise verfilzt. So stark vergrößert, ergaben die Härchen das Fell eines Tieres.

Das Pantoffeltier, sagte die Sekretärin, eine unbekannte Art aus den afrikanischen Regenwäldern, hier zum ersten Mal abgebildet.

Perrot wünschte ihr einen guten Tag und kniete sich neben der Garderobe nieder, um die Schnürsenkel seiner Halbschuhe zu lösen. Das Pantoffeltier klang in seinen Ohren hämisch nach. Es bleckte die Zähne, es grinste frech, lachte ihn aus. Im schicken Aluminiumrahmen thronte das Wesen über dem Empfang, sodass der Blick von allen, die an diesem Morgen das Amt für Landvermessung betraten, erst einmal auf die Abbildung fallen musste. Dem flüchtigen Betrachter dürfte die Samtlandschaft gefälliges Kunstwerk sein, modern, aber unverfänglich. Paul Perrot jedoch hatte, nach mehrmaligem Leerschlucken, die Zeichen sehr wohl lesen können. Es fiel ihm schwer, sich nichts anmerken zu lassen. Er war sich schon einiges an Scherzen und Spöttereien gewohnt, und es war ihm nicht entgangen, dass seine Arbeitskollegen sich in den letzten Wochen einen Spaß daraus gemacht hatten, sich mit windigen Ausflüchten unter den Tisch zu begeben, wo sie, es war ihm nicht entgangen, mit ihren Mobiltelefonen seine Hausschuhe knipsten. Die unscharfen Bilder tauschten sie via Bluetooth untereinander, verbreiteten sie jedoch auch per E-Mail und Facebook in anderen Abteilungen, woraufhin gelegentliche Besucher unter fadenscheinigen Vorwänden in Perrots Büro aufgetaucht waren und verstohlen unter seinen Tisch geschielt hatten. Solange sie nur fotografierten, war ihm das beinahe lieber, als wenn sie ihn mit ihren affigen Fragen belästigten. Ob er ein weißes Kaninchen aus den Pantoffeln zaubern könne, hatten sie schon wissen wollen, oder ob er mit diesen Pantoffeln zwei Fliegen auf einen Schlag träfe. Zaubern, fliegen, eine kleine Runde durchs Büro schwirren? Das wäre doch das wenigste, für einen Pantoffelhelden wie ihn.

Paul Perrot hatte sich angewöhnt, auf die Scherze seiner Kollegen mit stoischer Ruhe zu reagieren. Wenn er sich nur nichts anmerken ließe, würden sie eines Tages mit dem Unfug aufhören. Irgendwann würden sie ein anderes Opfer finden für ihr Gespött.

Die Samtlandschaft dräute über dem Kopf der Sekretärin. Vor Perrots Augen gerieten die Einzelheiten der Aufnahme in Bewegung, sein Herz begann zu rasen. Die Rücken des M und des P oder S verschwammen zu Hügelzügen. Die Krone wurde wolkig und trüb. Derweil die Sekretärin tapfer ihre Fingernägel feilte, schoben sich die verfilzten Buchstaben wie Gesteinsplatten gegeneinander, wurden gestaucht, wuchsen in die Höhe. Ein Vulkan würde aus ihrem Innern brechen. Und dann regnete es Ruß und Asche. Perrot verzichtete darauf, die Sekretärin vor dem drohenden

Unheil zu warnen. Ungerührt schlüpfte er in seine Pantoffeln, die gottseidank noch an ihrem Platz unter der Garderobe standen, richtete seine Straßenschuhe an ihrer Statt parallel aus und machte sich dann auf, möglichst diskret an seinen Platz hinter dem großen, staubigen Ficus zu kommen.

Er setzte sich, startete den Computer und legte die Füße auf den Tisch. Das tat er immer, obwohl die Fersen seiner weißen Socken fadenscheinig waren. Mehrmals atmete er tief durch, sein Puls beruhigte sich nur langsam. Insgeheim wunderte sich Perrot, dass die Kollegen diesmal nicht nur keine Mühe, sondern offenbar auch keine Kosten gescheut hatten, um ihn zu verspotten. Der Rahmen war gewiss nicht billig gewesen, und ein Foto auf 80 mal 120 Zentimeter zu vergrößern, kostete zumindest für seine Verhältnisse ein kleines Vermögen. Aber was blieb ihm, er fuhr seinen Computer hoch und machte sich an die Arbeit. Bedächtig führte er die Maus, der Cursor huschte über den Bildschirm. Gelegentlich sah er auf die Casio-Uhr, die wie ein überdimensionales Geschwür an seinem Handgelenk prangte, ein Modell aus schwarzem Kunststoff, das seit Jahren nicht mehr gefertigt wurde. Das Plastikband war brüchig, aber solange die Batterie sich noch ersetzen ließ, würde Perrot seinem alten Zeitmesser treu bleiben. Mit bedächtigen Blicken auf die digitalen Ziffern vermass er die Stunden, kommentierte das Näherrücken der nächsten Pause mit einem diskreten, aber zufriedenen Nicken. Während der Arbeitszeit verließ er sein Büro nie; er vermass nichts als die Zeit bis zur nächsten Pause, und dann die Zeit, die ihm noch abzusitzen verblieb bis zum Feierabend. Um fünf vor zehn nahm er die Füße vom Tisch, schälte ein Alufolienpack aus seiner Denner-Tüte, knisterte minutenlang, bis es ihm gelang, das Pausenbrot aus der glitzernden Hülle zu schälen. Bedächtig, konzentriert brach er das Brot entzwei. Wie jeden Morgen brach er sein Brot in zwei Stücke, wobei er versuchte, möglichst identische Teile zu erhalten. Den Anschnitt eines Brotes präzise in der Mitte entzweizubrechen war etwa so schwierig, wie beim Fällen eines alten Baumes mit letzter Genauigkeit vorauszusagen, wo der Riss durch den Teller der Jahrringe brechen und auf welche Seite der gefällte Riese letztlich fallen würde. Immer war es hartes Brot, das er so mühsam aus dem Plastik und dann aus der Folie schälte und brach. Immer hatte er den Anschnitt.

Armer Perrot, sagten die Kollegen, hat wohl eine Frau, die ihn kurz hält.

Nicht einmal Butter streicht sie ihm aufs Brot.

Hat gewiss bis zur Heirat bei Mutti gewohnt.

So sieht er aus.

Genau, direkt von Mutti zu uns gekommen, sie hat ihm die Pantoffeln zu Weihnachten geschenkt.

Vor neun Jahren hat sie ihm ein Calida-Pyjama unter den Christbaum gelegt.

Mit elastischen Börtchen, damit er sich im Schlaf nicht die Nieren erkältet.

Nächstes Jahr kriegt er ein neues, alle zehn Jahre kriegt er eins.

Aber warum so sparsam, Perrot, warum so knausrig? Die Kollegen werweißten unter lautem Gelächter, wer die weichen Stücke, den großen Rest der Brote esse, am Ende Perrot selber, wenn ihm keiner dabei zuschaute? Strich er sich zu Hause eine dicke Schicht Butter aufs Brot, belegte er seine Brote zu Hause mit Schinken und Käse, drückte er eine dicke Wurst Senf dazwischen? Biss in knackige Gurken, dass ihm der Saft nur so übers Kinn tropfte? Und in seinem Büro beim Amt für Landvermessung kaute er trockenen Anschnitt, weil er wollte, dass man ihn bemitleidete?

Hast du Senf gesagt?

Ja, Senf!

Wieder tuschelten sie, berieten sich abermals im Flüsterton hinter seinem schmächtigen Rücken.

Senf!

Und schon erzählten sie ihm etwas von einer gefährlichen Gelbfußkrankheit aus China, erst krieg-

ten die Enten gelbe Füße, die Gänse und die Hüh-
ner, dann kamen die Menschen dran. Und die
Seuche war nicht aufzuhalten!
Besser kein Geflügel mehr essen, Perrot, in Ame-
rika ist schon das Geschäft mit den Truthähnen
eingebrochen, kein Turkey mehr zum Fest!
Sagt dir Thanks Giving was, Perrot?
Nach der Pause schlichen sie sich mit einer Tube
Senf aus der Kantine zum Empfang, verständigten
sich mit der Sekretärin und drückten eine tüchtige
Portion in den rechten, dann in den linken Schuh,
eine ganze Tube Tomy-Senf halbscharf in die ab-
gewetzten, schon mehrmals neu besohlten Halb-
schuhe, und setzten sich, spitzbübisch grinsend,
wieder an ihre Plätze.
Um fünf vor zwölf warf Perrot einen Blick auf
die Casio-Uhr und schaltete den Computer auf
Standby. Unter den Augen der gesamten Beleg-
schaft ging er zur Garderobe, um seine Halbschuhe
anzuziehen, bemerkte aber die Falle, noch bevor
er sich die weißen Socken beschmutzte.
Danke für den Senf, sagte er, meine Kinder lieben
Senf.
Du hast Kinder?
Acht.
Auch das sagte Perrot ohne das geringste Zucken,
ohne den Hauch einer Regung im Gesicht, acht
Kinder.

Herrgott.

Sie starrten auf die Filzlandschaft, die dräuend über ihnen hing. Aus den verwischten Pixelwolken schälten sich Blitze, das Bild begann zu rauchen, ein Vulkanausbruch braute sich über den verdatterten Bürogummis zusammen, sie schwitzten, schwitzten vor Peinlichkeit und Scham, schwitzten, bis sie klatschnass dastanden. Acht Kinder. Und ausgerechnet ihn hatten sie entlassen wollen. Er wäre als Nächster drangekommen, da waren sie sich alle sicher gewesen. Auch darum hatten sie ihn nicht geschont. Wer bald seine Stelle verlor, musste sich daran gewöhnen, dass härtere Zeiten kamen. Noch härtere Zeiten. Was würde einer dann essen, der sich jetzt schon mit dem Anschnitt begnügte.

Ungerührt wickelte Perrot seine Halbschuhe in die Tüte und hob ab, die bestickten Pantoffeln an den Füssen. Mit Schallgeschwindigkeit flog er ihnen davon, ließ nichts zurück als Ruß und Asche.

Wo er landete? Im Hotel Schweizerhof natürlich, auf der Lenzerheide, mit seinem kompletten Anhang, denn fliegen konnten sie alle. Er gab den Nachwuchs im Hotelkindergarten ab. Er stellte seine Schuhe vor dem Spa in den Garderobenschrank und seine Pantoffeln daneben, und sank zusammen mit seiner Liebsten in das Salzwasser-Freibecken.

Sabine Reber
lebt als Schriftstellerin und Kolumnistin in Biel.
Zum Entdecken: «Im Garten der Wale», Roman.

Daniel Rohr
Eine Postkarte

Der Prospekt lockte: Tauchparadies auf einer kleinen Insel in der Karibik. Das einzige Hotel der
Insel mit Swimmingpool. Der Anflug mit kleiner
Maschine von einer größeren Insel aus. Türkis-
farbenes Meer. Weißer Sandstrand. Rochen, Bar-
racudas, Schildkröten, auch Weißspitzenriffhaie.
Es war auch schön. Nur dass durch das Zimmer
im Hotel eine Ameisenstraße ging. Und, dass wir,
als wir am Morgen völlig zerstochen den Plastik-
schrank rückten, uns in eine Wolke von Stechmü-
cken tauchen ließen. Und dass es keinen Strand,
sondern nur einen Betonsteg mit rostigem Eisen
gab. Überhaupt war alles rostig. Auch das Wasser
in der Dusche. Ganz im Gegensatz zu den Duschen am mit Meerwasser gefüllten Swimmingpool; sie funktionierten nicht. Und im Restaurant
erhielt man nur Sandwich und Pommes. Kann
man unter Schock genießen?

Die Kinder taten es, vor allem das Restaurant. Die
Großeltern genossen es auch, den Aufenthalt. Sie

plauderten stundenlang mit der gemütlichen, dicken Rezeptionistin und kannten nach zwei Wochen alle Familiengeheimnisse der Insel. Wir genossen es auch: So viele und angstfreie Meeresschildkröten habe ich nie wieder erlebt. Die Tauchplätze waren himmlisch. Und das Hotelpersonal rückte gegen die Mücken mit einer Spritze an, deren Inhalt uns zwar verdächtig vorkam, der uns aber mückenfreie und ruhige Nächte bescherte. Dass dann einmal pro Woche ein amerikanisches Kreuzfahrtschiff im Hafen ankerte und Hunderte von Touristen in den Seewasserpool des Hotels spülte, störte auch nicht mehr: Die Freundlichkeit und Wärme der Menschen im Hotel und auf der Insel, ihr Humor, ihre Hilfsbereitschaft und die wunderbare, fast unberührte Natur unter Wasser haben alles wettgemacht. Und trotzdem; ich höre ihn, wie der Berg ruft …

Daniel Rohr
lebt als Schauspieler und Theaterleiter in Zürich.
Zum Entdecken: «Das Geheimnis von Murk»,
Spielfilm und Theater Rigiblick Zürich

Ariela und Thomas Sarbacher
les cœurs brûlés

Sommerferien, das erste Mal zu zweit verreisen, mit einem eigenen, kleinen roten Auto; eine Tour durch Frankreich, runter in den Süden, dann dort irgendwo bleiben, wichtig ist nur der Dorfplatz mit Platanen. Wir suchen mit dem Finger auf der Landkarte nach einem Namen, der uns gefällt: St. Paul de Fenouillet. Es gibt sogar ein Hotel, wir rufen an und buchen für zwei Wochen. «Kaum überqueren wir die Grenze, streiten wir schon, weil du zu schnell fährst, wir streiten weiter, als du irgendwo den Rückwärtsgang einlegst, um zu wenden, ohne nach hinten zu sehen, bis es kracht.» Sonne, Straße, Felder, Straße, Berge, noch eine Nacht in Carcassone, die Straße links nach Narbonne, auf halber Strecke das Schild, wir stehen vor dem Hotel. Direkt an der Fernstraße gelegen, davor ein großer Parkplatz, der ist auch nötig, ein Nachtquartier für Fernfahrer. Nach den überwältigenden Gorges de Galamus diese Ernüchterung. Dann das gleichmütige Lächeln von Madame, sie habe sich schon gewundert; statt der zwei Wochen bleiben wir nur eine Nacht.

Ein Dorfplatz, eckig und groß, Bänke im Schatten der Platanen, Sonne im Kies, noch ein paar kleine Gassen, auf der rechten Seite ein kleiner Vorplatz, Büsche, dahinter Gartenstühle und Tische, drei Sonnenschirme, ein offenes Haus. Vor dem Anbau rechts spielt ein kleines Mädchen mit Plastikeimer und Schaufel im Kies. Um das Vorderrad eines Autos liegt unaufgeräumt ein Gartenschlauch geringelt. Die Gaststube drinnen ein großer hoher Raum, der Boden aus Stein, erotische Skizzen eines lokalen Künstlers an den Wänden, hinter dem Tresen der Patron mit Trägerhemd und tätowiertem Oberarm, beschäftigt, gurgelt unter mächtigem weißem moustache hervor: «Bonjour» und «pas de problème», dass wir zwei Wochen bleiben wollen. Einladend, wie sein Hotel, wie der Treppenaufgang hinter dem Durchgang am Ende des Saals, wie auch das Zimmer, das er uns weist, hell im Mittagslicht, das durch die Läden auf den roten Steinboden und die rustikalen alten Möbel fällt - wir sind angekommen. Wir sitzen an einem Tisch im Garten vor unserem ersten Abendessen, die Sonnenschirme sind jetzt geschlossen. Das kleine Mädchen wühlt im Kies, es ist die Tochter des Patrons, das Ebenbild ihrer jungen Mutter, welche mit burschikoser Anmut serviert, es gibt zwei Hauptgerichte, Fisch oder Fleisch, truite oder canard. «Ich hasse canard.»

Die Frau zwei Tische weiter bekommt den Fisch. Sie isst comme il faut, aufgerichtet, in hellem Veilchenblau, mit angelegten Ellenbogen, das Silberkreuz ruht auf der Brust, der Blick schweift beim Kauen über den Platz, verhakt sich, als das Mädchen mit den Steinchen wütet im Wortwechsel mit ihrer Mutter, die mahlende Bewegung ihres Kiefers stockt und friert ein. Nur für einen Moment. Ein Schluck aus dem Wasserglas belebt sie wieder.

Die Abende in dem kleinen Garten reihen sich aneinander. Gäste, auf der Durchreise, kommen an und bleiben für eine Nacht, pensionierte Paare, Familien mit Kindern, die aus dem Kies kleine Haufen machen, sich jagen zwischen den Tischen und den Blick der ältlichen Jungfer nicht wahrnehmen, der ihnen folgt. Diesmal trägt sie Lavendel. Die andächtig zum Mund geführte Gabel sinkt wie vergessen wieder auf den Teller, während der Hals unmerklich wächst und der Mund sich staunend öffnet. Ihr staunender Blick wird neugierig, als eines Tages eine groß gewachsene schlanke Frau mehrere Tische ausprobiert, bevor sie einen Platz gefunden hat, wo sie sich setzt. «Ich stelle mir vor, bei der denken Männer sofort ans Bett.» Sie hat wasserblaue Augen, die dunkelblonden Locken sind nachlässig aufgesteckt, der cremefarbene Unterrock scheint verrutscht unter dem Kleidersaum hervor, an den Füssen trägt sie weiße ausgeleierte Sandalen, die Zehen mit den rot lackierten Nägeln sind über die Spitzen der Schuhe nach vorne gerutscht, die Riemen an den Fersen hängen lose über die Pfennigabsätze herab. Sie trinkt Rosé, sie raucht, winkt mit einer divenhaften Handbewegung den Patron zu sich heran, bestellt mehr Wein, springt auf, verschwindet ins Haus, kehrt eilig, der Kies knirscht unter ihren staksenden Schritten, wieder zurück, lässt sich auf ihren Stuhl fallen, trinkt wieder Wein und zündet sich eine neue Zigarette an. Die macht keine Ferien. Sie ist auf der Flucht. Ein Verbrechen, ein Abenteuer, eine Affäre, eine Liebesgeschichte? Tage später macht ein Sandsturm es unmöglich, draußen zu sitzen. Der Speisesaal ist voll, außer den gewöhnlichen Durchreisenden hat noch eine größere Gruppe von Radfahrern vor dem Wetter hier Zuflucht gesucht. Die geheimnisvolle Schöne hat ihren Tisch verlassen, steht neben der Treppe hinter dem Durchgang am Telefon und fleht aufgebracht mit unterdrückter Stimme und doch so laut, dass alle im Saal es hören können: «Donne moi ton papa!» und Augenblicke später bricht es aus ihr heraus: «Je t'ai tellement aimé …, tu sais …, je t'ai tellement aimé!» «Oh lalaa!» Der Patron trocknet Gläser.

Die grinsenden Männer am Nebentisch werden von ihren Frauen zurechtgewiesen: «Arretez! Parce qu'on ne sait jamais!» «Hoffentlich kommt die nicht in unser Zimmer, so betrunken, wie sie ist.» Wir schlafen, die Tür unseres Zimmers wird aufgerissen, ihr Körper prallt schwer gegen den Rahmen: «Oh, pardon», die Tür fällt wieder zu. Wir sind hellwach und hören würgende Geräusche aus der Toilette im Gang. «Was ist, wenn die jetzt auch noch raucht im Bett, dann einschläft mit der Zigarette … ja, du lachst, Ingeborg Bachmann ist so gestorben.

Ich sag das morgen dem Patron.» Doch nichts geschieht. Die nächsten Abende verlaufen wie immer, sie raucht und trinkt und die Jungfer sitzt auch noch da und das Hotel brennt nicht. Dann sind unsere zwei Wochen rum, unser letztes Abendessen im Garten. «Ich habs ihm doch gesagt, das mit dem Rauchen im Bett und dass er aufpassen soll.» Die Frau des Patron bringt schließlich unsere Rechnung, er öffnet eine Flasche Champagner. Abschied. Ehe wir es uns versehen: «Oh, le patron offre un verre!», vom Knall des Korkens angelockt, sitzt die Flatterhafte schon mit an unserem Tisch und ist nicht mehr zu bremsen. Bei der einen Flasche bleibt es aber nicht, es wird ein langer Abend und beim letzten Glas am Tresen mahnt der Patron mit väterlichem Lächeln: «Eh, ma poupée, vous n'allez pas brûler mon hôtel, non?» In der einen Hand hält sie ihr Glas, in der anderen die Zigarette und entwaffnet ihn: «Ah non, mon vieux, j'ai brûlé beaucoup des cœurs, mais jamais un lit!»

Ariela Sarbacher
lebt als Schauspielerin und Trainerin in Zürich.
Zum Entdecken: Einfluss.ch, Angebote als Präsenztrainerin.

Thomas Sarbacher
lebt als Schauspieler und Ehemann von Ariela in Zürich.
Zum Entdecken: Leseperformance «Industrielandschaft
mit Einzelhändler» von Egon Monk, Bühne.

Monika Schärer
Meteo-Schock

Ein Hoch über der Biskaya. Na endlich. Auch wenn mir die Biskaya ziemlich egal ist … Meine beste Freundin und ich haben uns fürs Wochenende verabredet. Ausflug in die Berge. Hochsommer mit Schwimmen, Wellness, Genuss. Das leichte Kleidchen und die Highheels eingepackt. Bikini nicht vergessen!
Beim ersten Hupen drehe ich den Schlüssel im Schloss. Beim zweiten schnappe ich mir die Zeitung aus dem Briefkasten. Beim dritten öffne ich die Beifahrertür. Küsschen links, rechts, links.
«Summer in the city». Viel nackte Haut radelt durch die Straßen. Wer eins hat, fährt oben ohne. Wir haben keins. Fenster auf. Musik voll aufgedreht. 139 Kilometer trennen uns vom größten Hotel-Hamam des ganzen Alpenraumes.

Gelangweilt blättere ich durch die Zeitung. Ich habe wenig Lust auf schlechte Nachrichten, Unfälle, Krisenherde. Mein Blick fällt auf die Wetterprognosen für die nächsten Tage. Ich kneife die Augen zusammen. Spinne ich? Wolken, Schauer, Höchsttemperaturen um 9°C. Am Sonntag sinkt die Schneefallgrenze auf 1484 Meter über Meer! Ich fluche laut. Drehe die Musik leiser. Mache das Fenster zu. Atme ein. Denke nach. Lächle. «Hey, das kann doch nicht wahr sein! Die von der Zeitung haben die falschen Prognosen abgedruckt!» Ich schnappe mir mein Handy. Das Wetter ist ein höchst emotionales Thema, sage ich zu meiner besten Freundin. Ein solcher Fehler dürfte etliche Anrufe von wetterfühligen Menschen bei der Zeitungszentrale zur Folge haben. Mein Journalistenherz jauchzt! Eine tolle Geschichte für eine Radio-Moderation, eine Kolumne oder was auch immer. Es klingelt drei Mal. Die Frau am anderen Ende stellt sich als «Hubacher» vor. «Guten Morgen, liebe Frau Hubacher», erwidere ich süffisant, «haben Sie schon viele entrüstete Anrufe entgegengenommen heute Morgen?» Hubacher stutzt. Versteht nicht.

«Na ja, weil heute Schlechtwetterprognosen in Ihrer Zeitung abgedruckt sind.» Hubacher schweigt. «Nun, dann schauen Sie doch mal nach auf Seite 9 in Ihrer Zeitung. Wolken, Schauer und Temperaturen um den Gefrierpunkt. Das Gegenteil von dem, was sich uns zurzeit präsentiert.»

Hubacher murmelt etwas. Entschuldigt sich kurz. Nach zwei Sekunden meldet sie sich zurück. Sie habe sich die Zeitung geschnappt. Auf Seite 9 sehe sie von Mittwoch bis Sonntag in den Kästchen die Sonne lachen.

Ich schaue auf meine Regenwolken. Stutze. Drehe das Blatt. Der Blick fällt aufs Datum. In meinen Händen liegt eine Zeitung vom März. Altpapier in meinem Briefkasten! Wie das wohl da reinkam? Ich stammle eine Entschuldigung. Hubacher verabschiedet sich emotionslos. Sie ist sich solche Anrufe gewohnt.

Meine Freundin blickt mich von der Seite an. Lacht los. «Da hast du deine Geschichte! Aber beim nächsten Mal, besser zweimal nachschauen, bevor du andere eines Fehlers bezichtigst.»

Die Röte steigt mir ins Gesicht, als säße ich bereits im heißen Pool oder hätte mir den ersten veritablen Sonnenbrand des Jahres eingefangen. Doch lieber so. Ich zerknülle die alte Zeitung und werfe sie auf den Hintersitz. Ab in die Berge. Der Sommer ruft.

Monika Schärer
lebt als Kultur- und Reisemoderatorin in Zürich.
Zum Entdecken: «Wir Süchtigen von Leutschenbach»,
Gesprächsbuch mit Kollegen beim
Schweizer Fernsehen SRF.

Esther Schaudt
Hamam – mein erstes Mal

Ich bin nicht häufig in Hotels. Und noch viel weniger häufig in wirklich schönen Hotels wie diesem hier. Für mich gehört im Hotel wohnen nicht zur Routine, sondern ist für mich etwas Besonderes.

Ich betrete das Zimmer. Alpenchic. Alles passt zueinander. Jedes Detail scheint bedacht. Ein Mineralwasser mit herzlichem Willkommensgruß steht auf dem Tischchen beim Sofa bereit. Ich mache Probesitzen auf dem Sofa und dann auf dem Sessel. Sehr bequem. Dann inspiziere ich das Bad, rieche an Shampoo und Duschmittel. Beide riechen gut. Ich kann meine mitgebrachte Notration also im Necessaire lassen. Ich lege mich aufs Bett und rieche ausgiebig an der Bettwäsche. Ich liebe den Geruch von frischer, gestärkter Bettwäsche. Ich setze mich auf, drapiere die Kissen und fühle ich mich wohl in diesem Zimmer.
Im Schrank liegt ein Bademantel bereit, mit Schildchen versehen: «Gerne begleite ich Sie wäh-

rend Ihres Aufenthaltes durch die Wellness-Zone. Wenn Sie mich danach mit nach Hause nehmen möchten, bezahlen Sie mich bitte an der Rezeption.» Ein weiteres Schildchen verrät mir, dass die daneben liegenden mit Hotel-Logo bestickten Filzpantoffeln mich gerne auch gratis mit nach Hause begleiten.

Zunächst aber werden sie mich in den hoteleigenen Hamam begleiten.

Ich war noch nie in einem Hamam und bin neugierig. Ich ziehe meinen Bikini an und den Bademantel über und schlurfe in Filzpantoffeln der Wellness-Zone entgegen. Im Lift stehe ich zwei Herren im Anzug gegenüber und komme mir leicht underdressed vor.

Die Dame am Empfang der Wellness-Zone lächelt mich freundlich an: «Schönen guten Tag, was kann ich für Sie tun?» «Ich möchte ins Haman. Was soll ich tun?» «Das ist ganz einfach. Sie brauchen nur das da.» Sie drückt mir ein Tuch in die Hand. «Weitere Instruktionen erhalten Sie im Hamam. Erste Tür links. Und: Genießen Sie Ihren Aufenthalt.»

Hinter der ersten Tür links befindet sich eine Garderobe, wo zwei junge Frauen am Anziehen und Fönen sind. Zwei Hamam-Erprobte, denke ich, und bitte die beiden um Hilfe. «Du musst das Tuch umbinden. Aber ohne Bikini. Und duschen mit dem Tuch.» (Was? Ohne Bikini? Nur mit diesem kurzen Tuch? Ich bin leicht schockiert, gebe mich aber gelassen, will ja nicht so prüde wirken wie ich bin.) Nachdem ich meinen Bikini ausgezogen habe, wickle ich das Tuch eng um mich und begebe mich unter die Dusche. Beim Nasswerden dehnt sich das Tuch aus, darum binde ich es nochmals fest. Ganz fest um meinen Körper. Auf keinen Fall will ich dieses Tuch im Hamam verlieren und plötzlich nackt vor mir wildfremden Hamam-Besuchern stehen. Probehalber spaziere ich in der Dusche einige Male im Kreis herum. Das Tuch hält. Aber es lässt in nassem Zustand Körperstellen durchschimmern, die ich als privat erachte. Meine Cellulite gehört mir!

Hinter der nächsten Tür ist nicht – wie vermutet – dar Hamam, sondern ein weiterer Vorraum. Ich bleibe, leicht ratlos, stehen und blicke mich um. Eine Mitarbeiterin schaut mich an, dann an mir herunter, wie ich tropfend in meiner eigenen Wasserlache stehe. «Hier ist noch nicht Nasszone. Sie hätten nachher duschen sollen. Regendusche. Dort.» Und deutet auf eine weitere Tür, auf die ich ebenso eilig wie tropfend zusteuere, während sie einen Wischmob zur Hand nimmt und hinter mir aufwischt.

Endlich stehe ich im Hamam, einem viereckigen Raum mit einem Steinblock in der Mitte. Zu allen Seiten befinden sich mehrere Türen, türkisch beschriftet, die zu weiteren Räumen führen. Ich bin beruhigt. Das Licht ist stark gedimmt. Meine privaten Körperstellen werden also auch privat bleiben. Zuerst unter die Regendusche. Aber dann? Am Grundrissplan und der Anleitung im Vorraum bin ich tropfend vorbeigeeilt. Ich werde das auch ohne Anleitung schaffen, kann ja nicht so schwer sein, ein bisschen Wellness zu betreiben.

Auf den warmen Steinblock zu liegen scheint mir angebracht. Das machen die andern auch. Also lege ich mich in die soeben frei gewordene Lücke zwischen zwei andern Hamam-Besuchern. Ich versuche mich zu entspannen, an nichts zu denken, mich lediglich auf meine Atmung zu konzentrieren. Aber insgeheim treibt mich die Frage um: Wie lange soll ich hier liegen? Und: Wohin soll ich danach? Die türkisch beschrifteten Türen geben mir keinerlei Anhaltspunkte.

Ich entscheide mich spontan für «Lif/Kese», wo ich mich in eine der freien Kabinen begebe, mein Tuch abnehme und über die Kabinentür hänge (wie ich das bei meinen Nachbarn gesehen habe). Ich stehe ratlos vor einem Waschbecken und einigen kleinen Schüsseln, höre nebenan Wasser zu Boden platschen und muss mir eingestehen, diesen Hamam nicht autodidaktisch bewältigen zu können. Also begebe ich mich nochmals hinaus in den Vorraum, um die Anleitung zu studieren.

«Tschuldigung. Hier ist nicht Nasszone.» Die Mitarbeiterin von vorhin zeigt auf meine erneute Wasserlache am Boden. «Oh! Hab ich völlig vergessen. Aber ich muss den Plan studieren, sonst weiß ich nicht, was ich tun soll da drinnen.» «Ja, aber bitte mit trockenem Pestemal.» «Mit was?» Sie zeigt auf mein nasses Tuch. «Drinnen bei Dusche hat es trockene Pestemal. Jedes Mal, wenn Sie dan Hamam verlassen: trockene Pestemal.» Erklärt sie mir aufrichtig freundlich. Und ich überlege mir, wie oft sie diese Sätze wohl schon gesagt hat. Während sie erneut meine Wasserlache wegwischt, gehe ich mir ein trockenes Pestemal umbinden und erhalte dann von ihr eine Instruktion.

Kurz darauf betrete ich erneut dan Hamam, biege (nun bereits routiniert) links ab und gebe mich der Regendusche hin. Hamam ist ganz einfach: im Uhrzeigersinn zu den verschiedenen Räumen, zwischendurch jeweils fünf bis zehn Minuten auf den Nabelstein liegen.

Im «Sogukluk», einem Dampfraum zum «behutsamen Aufwärmen», nehme ich Platz auf einer Keramikbank an der Wand. An der gegenüberliegenden Wand sitzt ein Ehepaar. (Hätte ich Grüezi sagen sollen beim Hereinkommen?) Ich deute mit einem kurzen Blick und einem Lächeln ein Grüezi an, dann schauen wir dezent aneinander vorbei, ohne einander beim Hinausgehen zu verabschieden.

Den anschließenden Aufenthalt auf dem Nabelstein kann ich bereits besser genießen und mich besser entspannen, weil ich weiß, wohin ich danach gehen werde. Nämlich ein zweites Mal ins «Lif/Kese». Wobei ich diesmal die bereitgelegten Waschlappen nicht übersehe, sondern einen davon mitnehme in die Kabine, um mit selbigem meine Haut abzuschrubben. Ich könnte mit den bereitstehenden Schüsseln meinen Körper und also die weggerubbelten Hautpartikel abspülen. Lieber aber benutze ich hierfür die Dusche, die sich vor der Kabine befindet.

Mein Lieblingsraum – das weiß ich schon vor dem Betreten und es wird sich auch bewahrheiten – ist das «Sicaklik». Ich steige die Treppe hinunter, ins warme Wasserbecken, wo bereits ein Pärchen und ein Mann im Wasser liegen. Anstatt mich ebenfalls der wohligen Wärme des Wassers hinzugeben, bin ich vorerst damit beschäftigt, mein Pestemal, das im Wasser schwebt und sich ständig über meinen Intimbereich zu heben droht, in Schach zu halten. Ähnlich wie Marylin Monroe in dieser berühmten Filmszene über dem U-Bahnschacht, aber halt im Wasser, ohne lasziges Sendungsbewusstsein und viel diskreter. Ich begebe mich zu einer Ecke des Beckens, finde eine bequeme Haltung, wo mein Pestemal gefahrlos frei schweben und ich mich entspannen kann. Nur das Gluckern des Wassers, das durch den Raum hallt, wenn sich jemand bewegt, ist zu hören. Es gibt einen Moment, wo alle Anwesenden komplett ruhig im Wasser schweben und sogar das Gluckern des Wassers verstummt. Der perfekte Wellness-Moment. Dieser Moment wird beendet durch Neuankömmlinge. Ein Mann und eine Frau, die diskret ihr Pestemal festhält beim Ins-Wasser-Steigen. Vielleicht denkt auch sie an Marylin Monroe.

Zurück auf dem Nabelstein hat es diesmal zwei Plätze frei. Ich lege mich spontan und ohne zu überlegen in die Mitte und versuche, die Ruhe und Entspannung, die ich im Sicaklik empfunden habe, wieder zu finden. Mit geschlossenen Augen nehme ich wahr, wie andere Hamam-Besucher um den Nabelstein pilgern und keinen Platz finden. Während ich – wie mir schlagartig bewusst wird – wie die Offroader-Hausfrauen im Migros-Parkhaus, zwei Plätze belege! Sofort manövriere ich meinen Körper zum nächsten Ziel, dem «Bingül». Im 45 Grad heissen Kräuterdampf sollen sich meine Poren öffnen und – wie mir meine Bingül-Nachbarin erzählt – soll beim Verweilen im Bingül auch der Körper entschlackt und entgiftet werden.

Ein weiterer Aufenthalt auf dem Nabelstein bleibt mir nach dem Bingül verwehrt. Alle Plätze sind belegt. Ein Mann liegt auf meinem Platz von vorhin in Offroader-Manier. Mit leicht geöffnetem Mund atmet er hörbar und regelmässig. Insgeheim beneide ich ihn um seine Ungeniertheit. Ich pilgere einmal um den Nabelstein, aber kein Liegender macht Anstalten, seinen Platz bald frei zu machen.

Gerne würde ich mir jetzt eine Massage angedeihen lassen in einem der Nebenräume. Aber sämtliche Termine für heute sind bereits vergeben. Ich hätte im Voraus reservieren sollen.

Also begebe ich mich ein letztes Mal unter die Regendusche, binde mir dann ein trockenes Pestemal um, bevor ich zum Ausgang gehe. Vor mir ein Pärchen, unterwegs zum Ruheraum, tropfnass und eine Wasserspur hinterlassend. Und ich höre die Mitarbeiterin mit dem Wischmob: «Entschuldigung, hier ist nicht Nasszone.» Worauf die beiden eilig umkehren, zum trockenen Pestemal-Stapel.

Ich zwinkere ihr zu, zeige stolz grinsend auf mein trockenes Pestemal und begebe mich dann ins «Camekan», den Ruheraum. Gedimmtes Licht und sphärische Klänge verbreiten eine beruhigende Atmosphäre. Ich mache mir einen Tee und nehme eine der bereitliegenden Zeitschriften mit an meinen Platz auf der Liegefläche. Ich nippe am heissen Tee und blättere in der Zeitschrift. Aber nicht lange, denn bald macht sich eine angenehme Müdigkeit breit. Ich lege die Zeitschrift zur Seite und schließe die Augen.

Als ich die Augen wieder öffne, sind andere Ruhende im Camekan als vorhin. Ich scheine eine Weile geschlafen zu haben.

Noch einen Moment lang bleibe ich liegen. Nun bin ich also eine Hamam-Eingeweihte. Und wenn ich das nächste Mal in den Hamam gehe, werde ich erhobenen Hauptes und vor allem mit trockenem Pestemal durch den Vorraum schreiten und erst unter der Regendusche nass werden. Ich werde wissen, wofür beim Lif/Kese die Waschlappen und Schüsseln bereitliegen und wie ich mein Pestemal diskret festhalte, wenn ich ins Sicaklik steige. Ich werde mich das nächste Mal frühzeitig um einen Massagetermin kümmern. Ich werde gerne in der Hitze des Kräuterdampfes ausharren. Im Wissen darum, dass ich danach – frisch entgiftet und entschlackt – mit gutem Gewissen und lustvoll werde zuschlagen können beim Nachtessen und dem grandiosen Dessertbuffet.

Wie ich das auch an diesem Abend mit Freude tun werde.

Esther Schaudt
lebt als Kabarettistin und Schauspielerin in Wettswil ZH.
Zum Entdecken: Ihre Figur Albana, immer wieder auf
Bühnen und im Fernsehen zu sehen.

Elisabeth Schnell
Bummel durch meine Kindheit

Dank dem neuen Zahnarzt in der Zürcher Altstadt
komme ich dem Ort, wo ich geboren wurde, wieder näher. Nach dem Dentisten-Termin lasse
ich deshalb, bei einem Bummel durch die alten
Gassen, meine Kindheit oft wieder aufleben. Also
da steht einmal das Hirschengraben-Schulhaus.
In dem altehrwürdigen Gebäude wird auch heute
noch, nach weit über hundert Jahren, solide Bil-
dung an die Erstklässler bis zur Oberstufe weiter-
gegeben! Auch ich profitierte in der Klasse von
«Fräulein» Spielmann davon. Jahre später durfte
ich in der bekannten, wunderschönen Aula des
Hirschengraben mit Cès Keiser und Margrit
Läubli für das Festspiel «Lueg zrugg uf Züri» pro-
ben. Oder als Radioreporterin sammelte ich unter
dem hohen Eingangstor nicht mehr gebrauchte
Musikinstrumente für die Sendung «Schlangen-
fänger» von Studio Basel. Übrigens liebenswürdig
assistiert vom damaligen Stadtrat Jakob Bauer,
außerdem bot mir ein baumlanger Junge mit
den Worten: «Fräulein, wenn Sie Hilf bruched:

Tristan, Pfadi Gloggehof, Allzeit bereit!» seine Hilfe an!

Die Sonntagsschule wurde in der Predigerkirche besucht; den hohen, strengen Kirchenraum liebe ich noch heute. Der Heimweg von der Schule aber führte durch den Neumarkt, vorbei an der «Hüppenbäckerei», wo man für 20 Rappen eine große Tüte mit «Verbrochnige» bekam. Schräg vis-à-vis steht das «Haus zur Stelze», hier wohnte Hans Rölli, ein sehr beliebter und bekannter Liedersänger und Dichter. Schmunzeln musste ich kürzlich, als ich in einem Schaufenster mit etwas lädierten Blasinstrumenten ein Schild entdeckte: «Habe im Laden auch noch anderes Zeugs!» Handwerker sind heute eher rar geworden in dieser Gegend. Aber noch einige wenige gibt es und die Suche nach ihnen lohnt sich allemal. In den Dreissiger-/Vierzigerjahren aber waren sie noch allgegenwärtig, die Schuhmacher, Drucker, Schreiner und Schlosser. Mein Schulweg führte an deren Werkstätten vorbei, ebenso wie an der «Öpfelchammer», aus der die trink- und singfreudigen Studenten lauthals ihre Lieder schallen ließen. Das interessierte mich allerdings erst später, genauso wie gegenüber das «Haus zur Sichel», Haus der Kindheit meines verehrten Gottfried Keller.

Im Zunfthaus daheim

Vom Rindermarkt kam und komme ich heute noch zu dem Haus, in dem ich aufgewachsen bin, an der Marktgasse 20, dem «Zunfthaus zur Schmiden». Das Haus hatte damals noch keinen Durchbruch in der Ecke, sondern beherbergte im Parterre das Schirm-und Hutgeschäft von Herrn Grimm-Reckewerth, der sogar noch Zylinder anfertigen konnte! Das Zunfthaus wurde viele Jahre von meinem Großvater, später von seinem Sohn Eduard und meiner Mutter geführt. Eine große Holztreppe führte vom Eingang an der Marktgasse in den ersten Stock zum Restaurant. Und von der Gaststube ging es wiederum über breite Treppen hinauf in den «schönsten Zunftsaal Zürichs». Bevor man ihn betrat, gab man seine Garderobe ab, in einen hohen Raum, der von einer riesigen hellen Glaskuppel überdeckt war. Die Kuppel fiel später leider einer der vielen Umbauten zum Opfer. Neben dem Saal gelangte man durch eine weitere Treppe zu einer schweren Holztüre, hinter der sich unsere Wohnung befand. Sie bestand aus einem großen Näh- und Bügelraum, dem Elternzimmer, meiner kleinen Mansarde, Bad und Toilette, zwei Angestelltenzimmern und einem Archiv, in dem die Singstudenten ihre Fahnen und Pokale aufbewahrten. Noch einmal ging es steil hinan auf der Treppe, die zur «Winde», dem Estrich mit der Waschküche, führte, wo die ganze Wäsche vom Restaurant und den Banketten, lange noch in mit Holz befeuerten eisernen Kesseln, gewaschen wurde. Und ein letztes Mal noch in die Höhe führte eine schmale Stiege, zu der Öffnung, die den Zugang zur «Zinne», dem Dach erschloss. Hier flatterte in der warmen Jahreszeit die Wäsche zum Trocknen. Der Ausblick über die Altstadtdächer war sicher atemberaubend, ich erinnere mich aber lieber an die kleine Zinkbadewanne, in der ich jeweils im Sommer gebadet wurde. Später allerdings fand ich es wunderbar, mit meinen «Schuelgspänli» im großen Zunftsaal mit den alten Butzenscheiben und der berühmten Kassettendecke herumzutoben. Das durften wir allerdings nur so lange, bis es Zeit wurde, den Saal für die großen Bankette herzurichten.

Letztere wurden in der Küche im ersten Stock auf einem riesigen Herd, lange Zeit noch mit Holzfeuerung* zubereitet. Viel später erst kam ein kleiner Gasherd dazu. Eine große Kochbrigade mit vielen Helfern sorgte dafür, dass das Essen zur richtigen Zeit zu den Gästen – meist 100 bis 200 Personen – kam. Und zwar von der Küche per kleinem Handlift hinauf ins Office vom Zunftsaal. Hinter der Küche war ein Raum, der durch große Eisblöcke – von der Brauerei immer frisch angeliefert – gekühlt wurde und in dem die kalten Vorspeisen angerichtet wurden. Und dort stibitzte ich einmal etwa 20 Blätterteigdeckeli von fertigen Pastetli. Die prekäre Situation wurde nur durch die Geistesgegenwart unseres Chefkochs Herr Bill und die prompte Nachlieferung durch den «Gipfeli-Bertschi» im letzten Augenblick gerettet. Meine Eltern erfuhren erst viel später von meiner Untat.

Die «Schmide» lebte vom Saalgeschäft. Als dieses nach dem Ausbruch des Zweiten Weltkriegs stagnierte, konnten meine Eltern, als selbstständige Pächter, das Haus nicht mehr halten. Wir zogen um und die Zunft engagierte den Gastronomen Harry Schrämli als Geranten.

Für mich sind es schöne Jahre gewesen; dank dem Langzeitgedächtnis, das ja im Alter immer besser wird, erinnere ich mich gerne öfters daran. Schön, dass kleine Begebenheiten, die man längst vergessen glaubte, wieder präsent werden und einem auch die damalige Zeit wieder näher rückt. So zum Beispiel die «Gipfeli-Stube» neben dem Zunfthaus, ein Café, in das sich feine Damen auch alleine wagen durften. Eher noch eine Seltenheit in Zürich. Bäcker Bertschi führte sein Geschäft übrigens noch recht lange in die «Neuzeit» an der Marktgasse, vis-à-vis der Apotheke, von der wenigstens noch die alten Holzregale zu bewundern

sind. Und dann war da noch der Bianchi Comés-
tible, ein edles Fischgeschäft, das seine Fische teil-
weise noch auf einem Schiff in der Limmat
schwimmen ließ. Heute sind es Turnschuhe statt
Delikatessen, die dort verkauft werden – eine ech-
te Alternative? Immerhin steht noch Bianchi über
dem Eingang… Und weiter geht's, denn nicht
vergessen will ich die Konditorei Schober. Der
Chef in weißer Bäckeruniform, mit kleiner, run-
der Mütze, begrüßte die Kundschaft persönlich,
wenn sie sich an seinen exquisiten Süßigkeiten
erfreute. Und wunderbar – heute noch erhalten –
die duftende Kaffeerösterei Schwarzenbach! Dann
am Großmünster vorbei geht's ins Oberdorf. Bei
der Trittligasse, deren Wohnungen sich in zauber-
haft verborgene Gärten öffnen, seufze ich ein
wenig: ein unerfüllter Lebenstraum, einmal dort
zu wohnen. Immerhin, mein erstes Zimmer «in
der Fremde» war ganz in der Nähe, an der Fran-
kengasse. Der Student, der gegenüber logierte,
hatte statt der Türe einen Rollladen, der oft sehr
spät – oder sehr früh – aufgerollt wurde… Mein
Bummel endet nun im Restaurant «Zum weissen
Wind». Eine Freundin, die gleich gegenüber
wohnte, bestellte jeweils im Sommer Tisch und
Menü beim Wirt gleich vom Fenster aus. Zu sagen
wäre noch, dass sich der Name «Weisser Wind»
tatsächlich von einem Windhund herleitet. Im

Volksmund heißt das Lokal anders,** ein Name, den ich wohlerzogen verschweige.

Zum Abschluss ein guter Rat für Heimwehzürcher: Ein Züribummel, ob auf eigenen Wegen oder in Begleitung einer Stadtführerin vom Zürcher Verkehrsverein, lohnt sich auf jeden Fall!

Nachtrag* Als ich vor drei Jahren eine schöne Zeit im «Schweizerhof» als Gast verbrachte, durfte ich auch die großzügige, moderne Küche des Hotels bewundern und schon damals kam mir der alte Holzherd meiner frühen Jugend in den Sinn! Noch einmal Dank für die interessante Hotelführung!

Nachtrag** Dies für Dialektfanatiker; im Dialekt heißt der Ort «Bleiche Furz»!

Elisabeth Schnell
lebt als ehemalige Radio- und Fernsehmoderatorin
und Kolumnistin in Zürich.
Zum Entdecken: «En Augeblick bitte!», Kolumnen.

Brigitte Schorr
119 Schritte

119 Schritte sind es. 119 Schritte von meinem Zimmer
bis zur Rezeption, zwei lange Korridore, der eine
ausgelegt mit rotem, der andere mit dunkelbraunem
Teppichboden, zwei Aufzüge, nach dem ersten muss
ich links abbiegen und bevor ich aus dem zweiten
aussteige, kontrolliere ich meinen Gesichtsausdruck
im Spiegel – lächeln, denn wenn sich die Tür öffnet,
stehe ich direkt vor der Rezeption und es ist prak-
tisch unmöglich, ungesehen daran vorbeizukom-
men. Also straffe ich mich, lächle und erwidere
den Gruß der Rezeptionistin. 119 Schritte, zwei
Korridore, zwei Aufzüge, straffen, lächeln, grüßen,
das wiederholt sich ungefähr zehnmal pro Tag –
eine Art Ritual, mit mir als Protagonistin und vielen Statisten, die alle ihren eingeübten Part in dem
Stück haben mit dem Titel «ein Zuhause auf Zeit».
Für zwei Wochen bin ich in diesem Zuhause auf
Zeit – wie schnell es doch geht, sich an 119 Schritte
und den Geruch der Korridore zu gewöhnen. Nach
ein paar Tagen verschmelze ich mit der Einrich-
tung und werde zu einem Teil des Gesamtbildes.

Die 119 Schritte erinnern mich an die Treppen meiner Kindheit – 7 Treppen mit insgesamt 78 Stufen, das tägliche Zählen gab mir einen Anschein von Sicherheit in unsicheren Zeiten. Ausgetreten waren diese Stufen und an manchen Stellen so abgeschabt, dass das blanke Holz sichtbar war. Tausende von Malen ging ich diese Stufen hinauf und hinab, am gedrechselten Geländer fuhr ich mit meiner Hand die Rundungen jeder einzelnen Säule nach. 7 Treppen; zwischen der zweiten und der dritten gab es einen großen Flur, in dessen hinterer Ecke ein kleiner Holztisch stand. Darunter war es so dunkel, dass meine kindliche Fantasie Purzelbäume schlug. Jahrelang stellte ich mir vor, dass dort in dieser Schwärze ein wildes Tier lauerte, welches nur darauf wartete, bis ich ihm den Rücken zukehrte (was ich tat, sobald ich die nächste Treppe betrat), um mich hinterrücks anzufallen und zu zerfleischen. Egal, ob ich eine Brötchentüte trug oder die eiserne Kohlenschütte – Zentralheizung war damals noch nicht üblich und wir heizten mit Kohlen. Ab der dritten Treppe beschleunigte sich mein Schritt erheblich. In diesem Zuhause auf Zeit blieb ich 12 Jahre lang. 119 Schritte, 7 Treppen mit 78 Stufen, 5 breite Treppen mit insgesamt 50 Stufen, die zu einem Krankenhaus gehörten, in dem mein Vater starb, 3 Stufen hoch zu dem kleinen Reihenhaus, in dem meine Kinder noch Babys waren, 4 Treppen mit 32 Stufen hoch zu der ersten Wohnung in einem fremden Land, ungezählte Aufzüge vieler Hotels, in denen ich zu Gast war, man könnte ein Menschenleben auch in die vielen Zuhause auf Zeit einteilen, in denen dieser Mensch gelebt hat. Statt nach dem Alter zu fragen, könnte man sich danach erkundigen: «Entschuldigen Sie, aber wie viele Zuhause auf Zeit haben Sie bereits gehabt?» «Was – 113? – genau wie ich!» – Man würde nicht mehr der gleichen Generation angehören, sondern sich zu den Menschen zählen, welche die gleiche Anzahl von Zeitzuhausen (komisch, es gibt keine Mehrzahl von Zuhause, als gäbe es nur eines davon) bewohnt haben.

Grob geschätzt, sind es ungefähr 113 Millionen, 856 Tausend, 911 Schritte (schauen Sie sich einmal diese Zahl an: 113 856 911), die mich zu den wichtigen Zuhause auf Zeit getragen haben. Und da ich mich ungefähr in der Mitte meines Lebens befinde, stehen die Chancen gut, dass noch einmal so viele dazukommen.

Ich beschließe, weitere 119 bewusste und dankbare Schritte hinzuzufügen.

Brigitte Schorr lebt als Expertin für Hochsensibilität und Sachbuchautorin in Altstätten SG.
Zum Entdecken: «Hochsensible Mütter», Sachbuch.

Marco Todisco
Hotel Contingentale

All'hotel Contingentale stile di lusso «Belle Épo-
que», poco prima di Natale il direttore è sotto
shock.
C'è tanta neve fresca e un minibar in ogni stanza
ma poca clientela a prenotare la vacanza.
Malgrado stravaganti infrastrutture di relax,
piscine, fiori freschi e addirittura un nuovo fax,
l'hotel dalle atmosfere suggestive è raffinato,
ma continua a rimanere semivuoto.
La sera nel protrarsi di una cena a sei portate,
appare un bambino dall'aspetto un po' malconcio:
allunga la sua mano verso il pane e le patate
ribalta una bottiglia di spumante, che pasticcio!

Il bimbo, assediato dagli sguardi della gente, infila
tre crocchette e un croissant nel suo cappotto,
poi squadra il maître dietro al whisky fiammeg-
giante, sorride… poi sparisce nella notte.
Il giorno dopo, al briefing generale degli addetti,
la governante «Schlesinger» conferma a denti stretti,

di aver trovato briciole di pane in stireria,
e anche una crocchetta giù in lavanderia.
Si aggiungono le voci dei clienti preoccupati,
alcuni già la sera prima se ne sono andati.
E il direttore annuncia nel medesimo mattino,
la caccia collettiva al malandrino!
Ma il giovincello è scaltro, sbuca da ovunque poi
sparisce,
lascia impronte dappertutto, ma chi sia non si ca-
pisce!
Poveracci alla reception, si sorride d'imbarazzo,
che la gente parta a causa del ragazzo.
Ormai non c'è speranza per lo staff del grande
albergo.
Si libera anche la stanza del dottor di Norimberga.
Al bar il direttore con la vodka e un po' di soda
all'improvviso sente il pianoforte a coda...
Sulla tastiera bianca e nera ballano divine,
come se fossero barchette in mare, due manine.
Il suono dilaga all'interno dell'hotel,
e arriva dappertutto come gocce di chanel.
Gli addetti si radunano nel bar ad uno ad uno,
per ammirare increduli le doti del bambino,
che da quel giorno in poi sempre alle stesse ore,
col suo prodigio e garbo all'hotel fa grande onore.
Presto la notizia si diffonde a macchia d'olio,
circola su twitter, in tivù e nel giornale.
Tutti vogliono vedere il bimbo misterioso,

del mitico e celebre Hotel Contingentale.
Il direttore insieme al suo capo segretario,
fissa un concertone il giorno nove di febbraio.
La sala è stracolma, cinquecento su per giù.
Ma il bambino clandestino adesso non c'è più.
All'hotel Contingentale, stile di lusso «Belle Épo-
que»
poco dopo Natale il direttore è sotto shock.

Marco Todisco ist Musiker, Bandleader und Komponist.
Er lebt in Zürich.
Zum Entdecken: «Vivere Accanto», Musik-CD.

Vincenzo Todisco
Zimmer 111

Das Hotel lag abgelegen auf einer Anhöhe nahe am Waldrand. In früheren Zeiten war es ein ziemlich exklusives Haus gewesen. Irgendwann waren aber die Besitzer bankrottgegangen und das Hotel hatte nie mehr zum alten Glanz zurückfinden können. Als Zeugnis des einstigen nicht opulenten, aber exklusiven Luxus war nur die kleine Parkanlage mit dem mit Unkraut überwachsenen Swimmingpool übrig geblieben. Drinnen waren die Räume heruntergekommen und schäbig, die Infrastruktur veraltet.

Als die Geschäfte schon lange nicht mehr gut liefen, war das Hotel von einem jungen Ehepaar übernommen worden. Kurz darauf, nach der Geburt ihrer Tochter, war die junge Mutter an einer heimtückischen Krankheit gestorben. Der Witwer hatte nach dem schmerzlichen Verlust seiner jungen Frau das Hotel über dreißig Jahre lang ohne Hingabe, aber dennoch mehr oder weniger erfolgreich geführt. Er war mit ein paar wenigen treuen Stammgästen über die Runden gekommen und hatte es nie für nötig gehalten, in irgendwelche Renovationsarbeiten zu investieren.

In jener regnerischen Nacht erreichte ein Mann das Hotel zu Fuß. Die Busstation war etwa einen Kilometer entfernt. Obwohl der Mann einmal im Jahr fast auf den Tag genau vorbeikam und nur kurze Zeit blieb, konnte er nicht als Stammgast bezeichnet werden. Dennoch war seine Ankunft eine eingespielte Sache. Der Hausschlüssel lag wie gewohnt unter dem Teppich vor dem Eingang des Hotels für ihn bereit. Der Mann beugte sich, hob den Schlüssel auf, öffnete die Eingangstür und trat ein. Im kleinen Eingangsraum war es still und dunkel. Der Hotelinhaber hatte sich wohl schon längst schlafen gelegt. Der Mann ging hinter die Theke und fasste seinen gewohnten Zimmerschlüssel, die Nummer 25. Er hielt ihn einen Moment lang unschlüssig in der Hand und schaute um sich. Irgendetwas ließ ihn zögern. Er machte ein paar Schritte, griff sein Handy aus der Hosentasche und tippte eine Nachricht. Dann holte er sich ein Mineralwasser aus dem Kühlschrank des Frühstückszimmers und ging zum Lift, der, er hätte es wissen müssen, wieder einmal blockiert war. Deshalb nahm er die Treppe, um in den zweiten Stock zu gelangen. Beim Hinaufsteigen merkte er, dass im Gang des ersten Stocks Licht war. Er streckte den Kopf in den Korridor und sah, dass eine Zimmertür offen stand. Er ging durch den Korridor und hielt vor dem offenen Zimmer. Eine blonde Frau lag auf dem Bett und feilte an ihren Nägeln. In der Ecke lief ein Fernsehapparat ohne Ton.

«Ich wusste, dass Sie kommen würden», sagte sie, ohne den Kopf zu heben.

«Kennen wir uns?», fragte der Mann.

«Ich kenne Sie!»

«Woher denn?»

«Sie sind der Buchhalter.»

«Woher wissen Sie das?»

«Treten Sie doch ein.»

Der Mann machte einen Schritt nach vorn.

«Ich bin müde, ich möchte in mein Zimmer.»

«Die Nummer fünfundzwanzig, stimmt's?»

Erst jetzt hob die Frau den Kopf und gab ihr Gesicht preis. Sie sah müde aus. Sie hatte Augenringe und ihre Mundwinkel hingen schief nach unten.

«Ich bin wirklich sehr müde, es ist spät», wiederholte der Mann.

«Sie gehen nirgends wohin!»

Die Stimme der Frau war plötzlich schroff geworden.

«Wie bitte?», fragte der Mann.

«Ich muss mit Ihnen reden.»

«Ich kenne Sie nicht. Ich will nicht mit Ihnen reden.»

Der Mann drehte sich um. Kaum hatte er einen Schritt gemacht, hob die Frau ihren Oberkörper und setzte sich im Schneidersitz auf das Bett:
«Sie sind der Buchhalter. Sie kommen jedes Jahr zur selben Zeit vorbei und erledigen die Buchhaltung meines Vaters. Schon als ich ein Kind war, sah ich, wie Sie in Ihrem Zimmer arbeiteten. Sie waren sehr konzentriert. Einmal, als ich mit meinem Dreiradvelo den Gang hin und her fuhr, traten Sie aus dem Zimmer, packten mich an den Haaren und sagten, ich soll gefälligst woanders spielen. Ich weiß das noch genau.»
«Sie waren das.»
Der Mann war mit dem Rücken zur Frau stehen geblieben. Jetzt drehte er sich wieder um.
«Ja, die war ich. Danach ging ich nie mehr in den zweiten Stock, als Sie bei uns waren, um die Buchhaltung zu erledigen.»
«Ich wusste nicht, dass Max und Ruth eine Tochter hatten.»
«Sprechen Sie den Namen meiner Mutter nicht aus! Ich kann es nicht ertragen.»
«Ich habe Ihre Mutter nur einmal gesehen. Sie war schwanger. Als ich das darauffolgende Jahr wieder kam, war sie tot. Ich habe sie nicht wirklich ge-

kannt. Ich wusste wirklich nicht, dass Ihre Eltern eine Tochter hatten.»

«Wie konnten Sie es auch wissen. Als Sie ankamen, gingen Sie direkt auf Ihr Zimmer und schlugen dort Ihr Büro auf. Sie machten mir Angst. Mein Vater brachte Ihnen die Ordner und Sie begannen sofort mit dem Rechnen. Alles andere war Ihnen gleichgültig.»

«So ist meine Arbeit.»

«Wieso hat Ihnen mein Vater immer blind vertraut?»

«Ich bin ein zuverlässiger Buchhalter. Schläft Ihr Vater?»

«Immer zu dieser Zeit, das wissen Sie doch.»

«Das sollten wir auch tun. Gute Nacht.»

Erst jetzt merkte der Mann, dass die junge Frau einen nassen, schwarzen Regenmantel trug. Das schwache Licht des Zimmers warf einen gelben Schatten auf ihr fahles Gesicht. Sie riss mit einem Ruck ihren Kopf nach hinten. Sie wirkte noch müder als am Anfang, aber sie hatte jetzt einen aggressiven Blick.

«Ich bin nicht fertig!», sagte sie, indem sie die Stimme erhob. «Weshalb hat Ihnen mein Vater immer alles anvertraut?»

«Es ging nur um Zahlen. Wir sprachen nie über etwas anderes.»

«Waren Sie schon einmal im Zimmer 111?»

«Zimmer 111?»

«Hören Sie auf, mich auf den Arm zu nehmen. Sie wissen genau, welches Zimmer ich meine. Nie hat es jemand gebucht. Und warum liegt das Zimmer 111 im dritten Stock? Wir haben 15 Zimmer, fünf auf jedem Stock, und dazu noch die 111.»

«Wo ist Ihr Vater?»

«Er schläft, ich habe es Ihnen gesagt. Was ist im Zimmer 111?»

«Ich weiß nicht, wovon Sie reden.»

Nach diesem Satz merkte der Buchhalter, dass jemand hinter ihm stand. Er drehte sich um und sah einen korpulenten südländischen Mann, der lässig an der Korridorwand lehnte. Sein Kopf war glatt rasiert, er hatte einen Dreitagebart und trug trotz der kühlen Witterung nur ein weißes Unterhemd. Der rechte Oberarm war gänzlich von einem Tattoo bedeckt. Er löste sich von der Wand, ging auf den Buchhalter zu, fasste ihn am rechten Arm und drehte ihn hinter dessen Rücken nach oben fast bis zum Schulterblatt. Der Buchhalter verzog das Gesicht vor Schmerzen. Als rationaler Mensch war er sich sofort der misslichen Lage bewusst, in die er ganz unerwartet geraten war.

«Sie sagen mir jetzt, was in diesem Zimmer ist!», fuhr die Frau fort.

«Ich sagte Ihnen schon, dass ich es nicht weiß.»
Die junge Frau stand auf. Der Buchhalter bemerkte, dass die Bluse unter dem Regenmantel zerrissen war. Sie trug hellblaue Jeans und war barfuß. Sie rieb sich mehrmals mit der flachen Hand die Stirn, als könnte sie auf diese Weise die Erschöpfung aus ihrem Körper abschütteln. Der Gorilla zog den Arm des Buchhalters noch weiter nach oben.
«Er wird dir den Arm brechen», sagte die Frau.
«Was ist in diesem verdammten Zimmer 111?»
«Ich war noch nie da drin.»
«Aber du hast den Schlüssel.»
«Welchen Schlüssel?»

Jetzt bekam der Buchhalter die Faust des Gorillas zu spüren, zuerst an der Seite, und er merkte, wie eine Rippe brach, und dann auf der Nase, und auch diese brach. Der Buchhalter stöhnte vor Schmerzen.
«Sie können ja die Tür einschlagen, wenn Sie unbedingt da hinein wollen», stotterte er.
«Das haben wir versucht, nicht einmal Ciro hat es geschafft. Gib mir den verdammten Schlüssel!»
«Ich habe ihn nicht.»

Nun schlug der Gorilla, der also Ciro hieß, dem Buchhalter zuerst in den Bauch und dann unter

das Kinn. Der Buchhalter konnte sein Gleichge-
wicht nicht mehr halten und fiel zu Boden. Der
Gorilla hob ihn auf und stellte ihn an die Wand.
Der Buchhalter blutete aus der Nase und aus dem
Mund. Er hatte unerträgliche Schmerzen, spürte
aber gleichzeitig, wie ihn eine Ruhe heimsuchte,
die es ihm erlauben würde, zumindest noch eine
Weile seinen aussichtslosen Widerstand zu leisten.
Er schaute die Frau an und merkte, dass sie sich
die Seite hielt und blutete. Ciro ließ ihn der Wand
entlang auf den Boden gleiten. Das Gesicht des
Buchhalters schlug auf den Boden auf. Der Körper krampfte sich zusammen. Seine Augen begannen zu brennen. Trotz der Schmerzen konnte er
den Blick nicht von der Frau abwenden. Ciro hatte einen Fuß auf seinen Nacken gesetzt und
drückte.

«Ciro, übertreib es nicht!», rief die Frau mit einer
leicht zittrigen Stimme, worauf der Gorilla den
Fuß etwas hob.
Da spürte der Buchhalter plötzlich keinen Schmerz
mehr. Er war wie betäubt.
«Haben Sie Ihrem Vater etwas angetan?», fragte er.
«Wo ist er?»
Seine Stimme war jetzt ein leises Krächzen.
«Was kümmert dich mein Vater. Ich hatte eine
Scheißkindheit. Die ganze Zeit hier allein mit ei-

nem Fremden, das war er für mich, nie eine Lieb-
kosung, kaum ein Wort. Manchmal war er tagelang
abwesend. Er vergaß mich einfach und ich musste
hier ganz allein die Stellung halten. Als ich älter
wurde, rebellierte ich. Er kam mit mir nicht zu
Rande. Ich hasste ihn. Er hat, was er verdient. Er
hat sich nie wirklich um mich gekümmert. Ich
will endlich weg von hier. In der Kasse und im
Tresor waren nur ein paar hundert Franken. Ciro
hat alles durchsucht. Wo ist das ganze verdammte
Geld. Mein Vater hat ja nie etwas ausgegeben. Im
Zimmer 111 muss doch etwas sein. Du willst doch
nicht, dass dich Ciro umbringt. Sag mir einfach,
wo der Schlüssel ist, und dann ist der ganze Spuk
hier vorbei.»

Die Frau kam näher. Der Buchhalter merkte, dass
ihr linker Fuß blutverschmiert war. Mit der rech-
ten Hand hielt sie sich immer noch die linke Seite.
«Sie sind verletzt», sagte der Buchhalter.
Ciro verpasste ihm einen Tritt in den Oberschenkel.
«Wir müssen zur Zimmertür», stotterte der Buch-
halter, «ich kann nicht mehr aufstehen.»
Ciro fasste ihn unter die Arme und hob ihn mit
einem Ruck auf. Dann schleifte er ihn durch den
Korridor und die Treppe hinauf bis in den dritten
Stock, wo das berüchtigte Zimmer 111 war. Ciro
war sehr grob. Es ging ihm alles viel zu langsam.

Manchmal ließ er den Buchhalter fallen und gab ihm einen Tritt in die Seite. Die Frau schrie ihn an, er solle aufhören. Sie humpelte.

«Sie sind verletzt», wiederholte der Buchhalter.

«Nicht so schlimm», rief die Frau.

«Wo ist Ihr Vater? Ist etwas passiert? Haben Sie mit ihm gekämpft? Hat der Typ hier ihm etwas angetan?», stotterte der Buchhalter.

Endlich waren sie vor dem Zimmer 111. Ciro ließ den Buchhalter los und dieser fiel zu Boden wie ein Mehlsack. Der Buchhalter staunte, dass er immer noch keinen Schmerz fühlte, denn er wusste, dass er ein paar gebrochene Knochen und vielleicht eine zertrümmerte Leber hatte. Jetzt hatte Ciro die Geduld verloren und die Situation in die Hand genommen.

«Wo ist der verdammte Schlüssel, Arschloch», rief er und verpasste dem Buchhalter einen weiteren Tritt. Der Buchhalter landete auf dem Bauch. Er kroch bis vor die Tür von Zimmer 111 und hob die Ecke des Fußteppichs. Darunter war ein loses Brett. Der Buchhalter hob es auf und holte den Schlüssel heraus. Ciro riss ihn ihm aus der Hand und öffnete die Tür. Als er eintrat, fluchte er. Die Frau folgte ihm und der Buchhalter kroch bis zur Türschwelle und streckte den Kopf in den Raum. Das Zimmer war unmöbliert. Die vier Wände waren vollständig mit Gemälden behangen. Alle stellten eine Frau in verschiedenen Posen dar. Es gab auch Aktbilder. Kein Zentimeter der vier Wände war frei. «Das ist meine Mutter», rief die Frau erstaunt, «wer hat diese Bilder gemalt?»

«Ihr Vater», antwortete der Buchhalter, «das war sein Atelier, wenn man so will. Er zog sich hier zurück und malte Ihre Mutter. Es war seine Art, den Verlust zu verarbeiten.»

«Ist das alles? Ist das das Geheimnis des Zimmers 111? Hat denn das Zeug einen Wert?», schrie Ciro. Er hatte begonnen, auf die Gemälde einzuschlagen. Er riss sie von der Wand und schmetterte sie auf den Boden. Eine unbändige Wut hatte ihn übermannt.

Die Frau stürzte sich auf ihn und schrie: «Hör auf, hör auf!»

Ciro verlor dadurch jegliche Kontrolle und verpasste ihr zwei Faustschläge ins Gesicht und in den Bauch, worauf auch sie auf den Boden fiel.

«Ich sollte euch beide fertigmachen», schrie Ciro außer sich vor Wut.

Und wahrscheinlich hätte er es auch getan, wenn durch das Fenster nicht plötzlich ein Blinklicht geflackert hätte. Man hörte eine Autosirene. Zwei Autos hielten vor dem Hotel. Die Türen gingen auf und jemand stieg aus. Man hörte Schritte, Stimmen.

Ciro stürzte sich Hals über Kopf aus dem Raum und man hörte seine Schritte die Treppe hinunterpoltern.

Die Blicke der Frau und des Buchhalters kreuzten sich.

«Hast du die Polizei benachrichtigt?», fragte sie.

«Haben Sie die Bilder an der Wand gezählt?», sagte der Buchhalter.

«Was?»

«Zählen Sie die Bilder!»

Die Frau hob den Kopf und zählte. Sie musste mehrmals von vorne beginnen.

«Fünfundzwanzig.»

«Genau. Heute bin ich zum sechsundzwanzigsten Mal hier. Es fehlt ein Bild. Jedes Jahr kurz vor meiner Ankunft war ein neues Bild fertig. Das ist immer so gewesen. Ihr Vater klebt jedes Mal meinen Zimmerschlüssel an ein Foto des Bildes, das er während meiner Abwesenheit gemalt hat. Jedes Jahr eins. Diesmal war kein Bild beim Schlüssel. Ich wusste sofort, dass etwas nicht stimmte und habe per sms die Polizei benachrichtigt.»

«Clever», sagte sie.

Draußen hatte es Schreie gegeben, es waren Schüsse abgefeuert worden. Dann hörte man die Schritte der Beamten, die das Hotel betraten.

«War meine Mutter wirklich so schön wie auf den Bildern?»

«Ich habe sie nur einmal gesehen, sie war noch so jung.»

Über die Wange der Frau kullerte eine Träne.

«Mein Vater ist ihr über all die Jahre nachgestorben. Eigentlich habe ich ihm die ganze Zeit beim Sterben zugesehen. Ich habe meine Kindheit, meine Jugend verpasst.»

«Es ist eine traurige Geschichte», sagte der Buchhalter.

«Das machte also mein Vater hier drin. Ich habe ihn nie gefragt. Er hätte auch nicht geantwortet. Er hatte seine Geheimnisse. Als er hier drin war, lief ich in den Korridor hinaus, schlich leise die Treppe hinunter, wartete, bis das Ganglicht ausging, und stellte mich vor die Tür. Ich stand in der Dunkelheit und horchte. Man hörte nichts.»

Die Frau sah jetzt den Buchhalter nur noch mit müden, glasigen Augen an:

«Ich will nicht den Rest meines Lebens in einem Gefängnis vor mich hin modern», fuhr sie leise fort, als könnte sie noch irgendetwas gutmachen. Der Buchhalter spürte die Schmerzen wieder aufkommen. Dann schloss er die Augen.

Vincenzo Todisco lebt als Schriftsteller in Rhäzüns GR. Zum Entdecken: «Rocco und Marittimo», Roman.

Mona Vetsch
Edvardas Hus

Es gibt ein Haus in Nordnorwegen, ein gelbes Haus
mit weißen Fensterrahmen und zur Seite gebun-
denen Gardinen, ein Haus mit einer alten Biblio-
thek, einer Feuerstelle im Esszimmer und neun
Zimmern. Ein Haus, das man schwer findet und
noch schwerer wieder verlässt.
Er fahre jetzt von der Hauptstraße weg, sagte Stig,
der uns in seinem Klempnerwagen mitgenommen
hatte. Er führe an der Küste einen Fyr, einen
Leuchtturm. Wir könnten gerne mitkommen. Uns
wars egal. Wir waren auf dem Weg zum Nordkap,
wir reisten per Autostopp. Stigs Zuhause war uns
so recht wie all die anderen verlassenen Orte an
Norwegens Küste, in denen wir nie an-, sondern
immer nur vorbeigekommen waren.
So erreichten wir Tranoy. Hier hat Knut Hamsun
als Ladenhilfe gearbeitet und erste Verse in den
Türrahmen geritzt, hier, wo das Land ins Meer
franst und von einer Schönheit ist, die man schwer
ertragen kann. Stig brachte uns zu «Edvardas Hus»,
dem einzigen Gasthaus in der Siedlung. Es war

geschlossen. Es macht keinen Sinn, offen zu haben, wenn man keine Gäste erwartet. Hier kommt keiner zufällig vorbei.

«Klingeln!», sagte Stig, als er uns zögern sah, «The owner lives here!»

«Steht am Türschild ‹Norman Bates›?», fragte der Mitreisende leise. Mir war es auch nicht geheuer. Meine Schreckensvorstellung hatte mit dem Horrorhotel aus «Psycho» nichts zu tun, wohl aber mit den Erfahrungen, die ich mit privaten Unterkünften gemacht hatte. Polstersessel mit Plastikbezügen und irische Hunde, die nicht nur bei Regen schlecht riechen.

Doch der zarte, ruhige Mensch, der alsbald auf die dunkle Veranda trat, sollte uns als der beste Gastgeber in Erinnerung bleiben, den wir je hatten. Er war aufmerksam und von aristokratischer Zurückhaltung, in Stil und Akzent vollends britisch, nur kochte er besser.

Natürlich gab es Tee, bevor wir mit schweren Schlüsseln die Holztreppe hinauf zu den Zimmern stiegen. Beim Eintreten stieß der Wind die Fenster auf, die gelben Vorhänge plusterten sich wie viktorianische Röcke. Draußen war Norwegen und drinnen war Heimat. Ein schlichtes Zimmer in klaren Farben, die Wände aus gestrichenem Holz. Mein Entzücken blieb mir in Erinnerung, nicht aber die Details, an denen es festzumachen wäre. In Edvardas Hus stach nichts hervor, alles fügte sich als Teil zum Ganzen, und das Ganze war vollendet.

Später kletterten wir über einen schmalen Steg zu Stigs Leuchtturm. In den Steinen brüteten Wasservögel. Von ganz oben sah man die Lofoten und die Wale, die vor der Küste jagten. Es war Abend und das Licht schwer wie Öl. Aufrecht am Fjord stand Edvardas Hus und sah aus wie jemand, der schon zu lange wartet, um sich noch zu erinnern, worauf.

Mona Vetsch
lebt als Radio- und Fernsehmoderatorin in Zürich.
Zum Entdecken: Einmal im Monat moderiert sie
gemeinsam mit Röbi Koller die Literaturveranstaltung
«züri littéraire» im Kaufleuten Zürich.

111 Jahre Hotel Schweizerhof
1904 – 2015

Das Hotel Schweizerhof in der Lenzerheide feiert im Sommer sein 111-jähriges Bestehen. Hundertelf Jahre! Eine schöne Zahl, eine lange Zeit. Gefeiert wird zu Recht und zwar gleich mancherlei: die Gäste, die Gastfreundschaft, die Gemütlichkeit und Tradition, die das Hotel auszeichnen. Aber auch die Entwicklung und Erneuerung, Erweiterung des Ganzen. Denn seit der Eröffnung im Jahr 1904 hat sich im Hotel Schweizerhof viel verändert. Die Welt bleibt nicht stehen, auch nicht im Hochtal der Lenzerheide. Wie würden wir wohl heute ein Hotel à la 1904 erleben?

Treten Sie ein in die Geschichte

Daran können Sie sich nicht erinnern, dafür müssen Sie sich zurückdrehen in der Zeit, über den eigenen Anfang hinaus und noch weiter, etwas weiter.

Wir schreiben das Jahr 1904. Auf der Weltenbühne tobt der Russisch-Japanische Krieg. In der Carrer Monturiol 20 in Figueres, Spanien, kommt Salvador Dalí zur Welt. Thomas Sullivan «erfindet» den Teebeutel, Robert Comptesse wird Bundespräsident der Schweiz – und in einem waldumrahmten, bündnerischen Hochgebirgsdorf eröffnet ein neues Hotel: das Hotel Schweizerhof.

Herzlich willkommen.
Noch existieren kein elektrisches Licht und keine Telefonanlage, aber ein Speisesaal mit guter Küche, eine Badeeinrichtung und freundliche Zimmer mit Balkonen. Die Aussicht ist der Gipfel, im positivsten und wortwörtlichen Sinne: Da gibt es den Piz Scolattas, den Piz Danis, das Rothorn … In unmittelbarer Nähe glänzt auch der Heidsee. Klirrend klar. Tiefblau das Wasser. Und drin schwimmen Fische: Saiblinge, Bach- und Regenbogenforellen. Karpfen und Schleien. Die Luft hier, knapp 1500 Meter über Meer, ist eine gute. Atmen Sie ruhig mal tief ein. Sie ist wohltuend bergfrisch, und immer mehr Lungen weiten sich glücklich. Denn in den Jahren, die jetzt angebrochen sind, entwickeln sich die ehemaligen Maiensässe zum renommierten Kurort. Touristen aus der Schweiz und dem Ausland, hauptsächlich aus England, besuchen das Dorf im Hochtal südlich von Chur: um zu wandern, um Ski zu fahren, Schlittschuh zu laufen, Curling zu spielen. Um gut zu essen, zu genießen. Um glücklich zu sein.

Drehen Sie sich wieder vor in der Zeit: vorbei an zwei Weltkriegen, der Mondlandung, der Entstehung des Internets. Drehen Sie sich vorwärts und bis ins Jahr 2015. Die Berge und der See, die Touristen, der Schweizerhof – all das ist noch da, wenngleich von der Zeit geprägt und verändert. Die Berge sind mittlerweile mit modernsten Bahnen erschlossen, der See wurde erweitert, die Touristen reisen schneller, unabhängiger, oft weltweiter. Und trotzdem wird die Lenzerheide gerade von Schweizerinnen und Schweizern weiterhin als Ferien- und Freizeitparadies geschätzt. Und das Hotel Schweizerhof? Das wird seit 1991 von Andreas und Claudia Züllig-Landolt geführt. Das Ehepaar veranlasste den Umbau der alten Dependance und die Ergänzung des Gebäudes. 2006 kamen 44 neue Zimmer mit 100 Betten und eine 1500 m^2 große Wellness-Oase hinzu: große Bäder, ein luxuriöser Hamam, Räume für Massagen und Gesichtsbehandlungen und vieles mehr. Das müssen Sie selber sehen und genießen: Das ist ein Märchen, traditionell und modern zugleich.

Es war einmal… Und jetzt: Der Schweizerhof feiert seinen 111. Geburtstag am 14. August 2015. Die Geschichte ist lang – und noch längst nicht zu Ende.

Treten Sie hinaus in die Natur

Nicht nur das Hotel Schweizerhof, nein, auch die ganze Lenzerheide feiert: sich selbst, mit jedem Alpenglühen auf den Felswänden der Berge, die das schöne Weltstück im Bündnerland flankieren. Und die Umgebung hat noch weitaus mehr zu bieten als Streulicht beim Sonnenauf- und -untergang: Wälder und Alpenwiesen zum Beispiel, Wildtiere und Wanderwege – und den Wind und die Weite. Das ist ein Fest für die Muskeln, die Gedanken, die Sinne.

Daran werden Sie sich später erinnern, dafür müssen Sie einfach mal losmarschieren, über die Dorfgrenze hinaus und noch weiter, etwas weiter.

Sind Sie dabei? Dann folgen Sie den Wanderwegen, nehmen Sie beispielsweise den Piz Scolattas in Angriff. Das Panorama, das sich bei zahlreichen Aussichtspunkten in die Augen bettet, ist jede Anstrengung wert: Irgendwann sieht man das Dorf Lenzerheide von oben, den Heidsee auch, klirrend klar, genau, und tiefblau das Wasser. Man erblickt den Heinzenberg und Teile der Surselva, einer Talschaft des oberen Vorderrheins. Und wenn Sie da hochmarschieren, raten Andreas und Claudia Züllig-Landolt, mit Morgenfrische im Gesicht, «dann machen Sie unbedingt Halt auf der Alp Fops».

Die Alp Fops liegt auf 1800 Metern und ist über Wald- und Wiesenwege zu erreichen. Auf Fels- und Schotterfluren blühen die Blumen. Dann begegnen Ihnen weidende Pferde, dann Raupen und Falter. Vielleicht erblicken Sie sogar eine Gämse, einen Steinbock in der Ferne. Die Vögel pfeifen. Eine einsame Hütte taucht auf, und der Weg wird jetzt schmaler. Dann zeichnet sich die Alphütte ab. Hier gibt es Kuchen und Bündnerspezialitäten oder Raclette und Fondue. Gut möglich, dass die Verpflegung zwar den Hunger stillt, aber auch eine Gier in Ihnen weckt: die Gier, den Dingen wieder näher zu kommen, der Natur auch, dem Wind und den Wundern. Dann sollten Sie aufstehen und weitergehen, so wie es einst Nietzsche gefordert hat: «So wenig wie möglich sitzen; keinem Gedanken Glauben schenken, der nicht im Freien geboren ist und bei freier Bewegung.» Der Philosoph starb zwar vier Jahre vor der Eröffnung des Hotels Schweizerhof, aber die Lenzerheide hat er gekannt und gemocht. Und bestimmt auch das Alpenglühen.

Und mitten rein ins Erleben

Wenn Sie diese Seiten von vorne nach hinten anschauen, der Leserichtung entlang, dann haben Sie auf den vergangenen Seiten eine Zeitreise unternommen und den Piz Scolattas bezwungen. Das ist schon viel. Aber da gibt's noch mehr zu erleben: im Hotel und auch draußen, vor der Tür.

Machen wir da weiter, wo wir aufgehört haben, nämlich bei der Bewegung. In der Lenzerheide lädt auch der Bikepark zum Muskelspiel ein, der Seilpark und die Rodelbahn. Auf dem Heidsee können Sie Pedalo fahren und segeln. Da gibt es die Biathlon-Arena und den Golfplatz, eingebettet in lichten Föhren- und Fichtenwald. Im Winter stehen Ihnen 225 Pistenkilometer zur Verfügung. Sie können schlitteln und auf einem Natureisfeld Curling spielen. Und so weiter. Sie kennen diese Sätze, Sie finden all diese Möglichkeiten: im Internet beschrieben. Also machen wir hier Platz für Erlebnis-Tipps, die vom Schweizerhof kommen, aus der Geheimtipp-Schatulle des Gastgeber-Paars.

Die Schatulle öffnet sich in der Hotellobby. Andreas und Claudia Züllig-Landolt haben sich Zeit und Platz genommen und überlegen nicht lange: «Was man unbedingt erlebt haben sollte, ist der Bäuerinnen-Abend in der Bündnerstube Scalottas», sagt Claudia Züllig-Landolt und erzählt von den Frauen, die mit viel Charme aus ihrem Alltag in den Bergen berichten. Und dass dieses Zuhören hungrig mache und der Hunger besänftigt werde:

«Es gibt jeweils ein 4-Gang-Menü mit regionalen Produkten. Außerdem kredenzen Winzerinnen und Winzer aus der Umgebung ihre besten Weine.» Andreas Züllig nickt und schickt sogleich seinen Favoriten ins Rennen: Die Rede ist vom hoteleigenen Hamam. «Unser Wellness-Bereich wurde von Max Dudler entworfen. Auch das sollte man erlebt haben: wie sich Architektur direkt auf das eigene Wohlbefinden auswirken kann.» Einen wesentlichen Beitrag zur Gestaltung des Hamams hat auch der Zürcher Künstler Mayo Bucher geleistet: mit einem außergewöhnlichen Farbkonzept, das an die Oberfläche von Schmetterlingsflügeln erinnert, an den Glanz von Opalen oder an das Perlmutt einer Muschel. Wie bereits geschrieben: Das müssen Sie selber sehen und genießen. Das ist wie im Märchen.

Wenn Sie nicht nur moderne Wellness-Märchen aus 1001 Nacht, sondern auch literarische Geschichten mögen, sind Sie im Schweizerhof ebenfalls richtig. «Auf das Ende der Wintersaison hin organisieren wir jeweils das Mini-Festival ‹Berg & Buch›», erzählt Andreas Züllig. Und dass sich in der Lobby dann die Bücherberge erheben und die Gäste die Möglichkeit haben, neue literarische Welten und Schriftstellerinnen und Schriftsteller kennenzulernen. Pedro Lenz sei schon hier gewesen, die Krimi-Autoren Sandra Lüpkes und Jürgen Kehrer und viele andere, die Geschichten schreiben und lieben.

Auch der Schweizerhof schreibt und liebt sie, die Geschichten. Bereits seit 111 Jahren. Dass Andreas Züllig anlässlich des Jubiläums sein zweites Buch herausgeben wird, mit Texten unterschiedlicher Autorinnen und Autoren, passt zum Hotel, zum Geist und zum Ort: Die Lenzerheide ist keine Sackgasse für Gedanken, sondern ein Alpenpass. Von hier aus ist ganz vieles möglich, geht es immer weiter und weiter. Der Zukunft entgegen.

Andrea Keller
lebt und schreibt als Journalistin in Zürich und arbeitet
zusätzlich beim Schweizer Radio und Fernsehen (SRF).
Wir danken für die freundliche Zusammenarbeit
mit dem Leo Verlag, Stallikon.
Dieser Text erschien vorab im Magazin
«Zürich – Die schönen Seiten des Lebens».

Dank

Die Herausgeber danken allen Autorinnen und Autoren, deren Verlagen, der Lektorin sowie dem Knapp Verlag für die angenehme Zusammenarbeit.

Die *Perlen*-Bücher

www.knapp-verlag.ch

Walter Millns, *Bevor sie springen*

Perikles Monioudis, *Junge mit kurzer Hose*

Michael van Orsouw, *Dufour, Held wider Willen*

Christoph Schwager, *Um Himmelgottswillen, Engel Klirrius*

Angelia Maria Schwaller, *dachbettzyt*

Judith Stadlin, Michael van Orsouw, *Spiel uns das Lied von Zug*

Judith Stadlin, *Die Schweiz ist eine Kuhgell*

Reto Stampfli, *Tatsächlich Solothurn*

Reto Stampfli, *Die Schwiegermutter des Papstes*

Reto Stampfli, *Weggeschwemmt*

Emil Steinberger, *Lachtzig*

Rhaban Straumann, *Ges(t)ammelte Werke*

Rhaban Straumann, *Wolken melken*

Franco Supino, *Solothurn liegt am Meer*

Layout, Konzept Bruno Castellani, Starrkirch-Wil
Satz Monika Stampfli-Bucher, Solothurn
Korrektorat Petra Meyer, Römerswil
Lektorat Monika Felderhoff, Zürich
Illustration Buchtitel Jörg Binz, Olten
Bildredaktion Claudia und Andreas Züllig, Lenzerheide
Redaktion Urs Heinz Aerni, Claudia und Andreas Züllig, Lenzerheide
Druck CPI - Clausen & Bosse, Ulm

1. Auflage, März 2015
ISBN 978-3-906311-02-9

Gedruckt auf umweltfreundlichem FSC-Papier.

www.schweizerhof-lenzerheide.ch
www.knapp-verlag.ch